경상북도 문학기행

동·서·남·북

가고 싶은 길

단비 문학기행 002

가고 싶은 길

경상북도 문학기행 동·서·남·북

초판 1쇄 2019년 11월 20일

글쓴이 | 곽재선·김은경·박영각·임영규
펴낸곳 | 도서출판 단비
펴낸이 | 김준연

편집 | 김성은
지도 그림 | 이지현
디자인 | 구민재page9

등록 | 2003년 3월 24일(제2012-000149호)
주소 | 경기도 고양시 일산서구 일중로 30, 505동 404호(일산동, 산들마을)
전화 | 02-322-0268
팩스 | 02-322-0271
전자우편 | rainwelcome@hanmail.net

ISBN 979-11-6350-018-6 03810

값 14,500원

이 도서의 국립중앙도서관 출판시도서목록(CIP)은
e-CIP 홈페이지(http://www.nl.go.kr/ecip)에서 이용하실 수 있습니다.
(CIP제어번호: CIP2019044982)

가고 싶은 길

경상북도 문학기행
동·서·남·북

곽재선·김은경·박영각·임영규 글

단비
danbi

한 걸음이 모여 백 걸음으로,
작은 걸음이 모여 큰 걸음으로

타박타박 걷는 한 걸음도 모이고 모이면 백 걸음이 된다. 작은 걸음이 모여 큰 걸음이 된다. 이 책의 시작도 작은 걸음에서부터였다. 말은 모름지기 얼을 담는 그릇이라고 할 때, 오늘날 우리말의 소중함은 너무나도 옅어져 엷은 그림자만 겨우 남은 듯하다. 이러한 안타까움으로 해마다 여름이면 맑고 고운 언어의 속삭임을 찾아 학생들과 함께 경북의 문학관들과 주변을, 때로는 강원도로, 충청도로, 전라도로 발걸음을 내딛었다. 그러기를 10여 년. 가슴 속에서 무엇인가 꿈틀대는 경험의 결정체들이 이제 자신들도 세상 밖으로 끄집

어내 달라고 토도독 신호를 보내올 즈음에《가고 싶은 길 - 강원도 문학기행》이 손에 들어왔다. 이에 문학이라면 어디에도 빼놓을 수 없는 기라성 같은 준봉들이 엄청 많은 경북이기에,《가고 싶은 길 - 경상북도 문학기행》을 제안받았을 때 속으로 쾌재를 불렀다. 곧바로 그동안 문학기행을 함께했던 필자들을 살짝 꾀어 글을 쓰자고 졸랐다. 그렇게 4명이 의기투합하여 그 첫 시작의 물길을 만들었다.

많은 시간을 함께 하면서 '~라면' 중에서 가장 힘이 되는 것이 '함께라면'임을 다시 한 번 느꼈다. 처음에는 이게 책이 될까 물음표가 많았는데 작은 언어들이 모여서 한 켜, 한 켜 떡시루의 고물처럼 쌓여 글이 되었다. 그동안 필자들은 바쁜 시간을 쪼개어 모였다 흩어지기를 반복했다. 그러면서 모래 속에 숨어 있던 언어들이 하나씩 제 모습을 보여 주기 시작했다. 그렇게 이 책이 만들어졌다.

돌아보면 지난겨울부터 시작해서 올 여름의 중턱까지 원고를 위해 몇 번이고 같은 문학관을 방문했던 기억이 새롭다. 그동안 많은 이들의 관심과 애정이 없었다면 여기까지 오지 못했을 것이다. 모두에게 고개 숙여 감사드리고, 지원과 격려를 아끼지 않은 인연에 고마움을 표한다.

그리고 무엇보다도 먼 길을 마다않고 달려와 시원한 말투로 격려하며 흔쾌히 출판을 맡아 준 단비출판사 김준연 대표에게 깊이 감사드린다. 더운 여름을 고생하며 다소 거칠고 모난 원고들을 두드려 펴고 다듬어서 예쁘게 숨 쉬도록 해 준 편집자, 디자이너에게도 지면에서나마 감사의 인사를 드린다.

　아울러 혹시라도 내용에 오류나 미흡한 부분이 있다면 이는 필자들의 무지함에 그 원인이 있으므로 독자 여러분의 넓은 이해와 준엄한 일침을 아울러 받았으면 한다.

　"선생님, 이번 여름에도 문학기행 가는 거지요?"

　"그러엄!"

　아이들로 하여 올해도 계절은 더욱 여물어 간다.

— 2019년 가을, 저자들을 대표해서 박영각

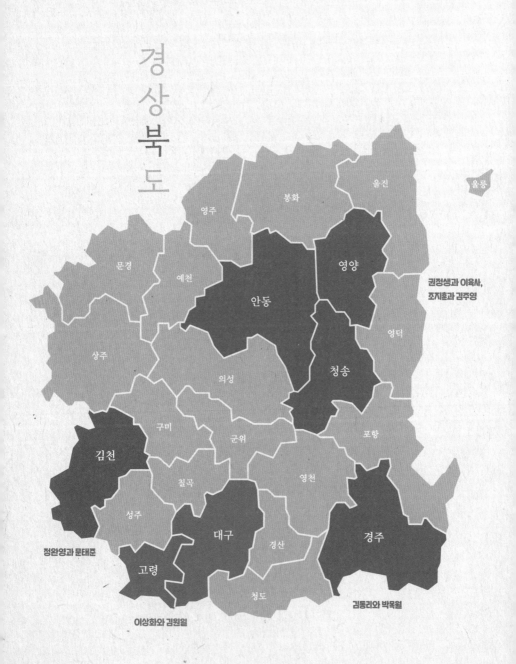

경상북도

울릉

봉화   울진

영주

문경   예천   안동   영양

권정생과 이육사,
조지훈과 김주영

상주   의성   청송   영덕

구미   군위   포항

김천   칠곡   영천

성주   대구   경산   경주

정완영과 문태준

고령   청도   김동리와 박목월

이상화와 김원일

동

동리목월문학관

경주 남산

동리목월
문학관

진보랏빛 환한 봉우리 아래,
동리와 목월이 함께 있네

경주. 그 이름만 들어도 선덕여왕이, 김유신 장군이 바로 옆 골목에서 걸어 나올 것만 같은 친근함이 느껴지는 곳이다. 오늘은 아이들과 함께 그 경주로, 동리와 목월을 찾아 문학기행을 떠나는 날이기에 아침부터 가슴이 설렌다.

경주로 출발하기 전에 작가 김동리와 박목월의 작품이 담긴 기행 자료를 아이들 손에 쥐여 주었다. 준비 없는 여행에서는 쉽게 경로를 벗어나거나 중요한 것을 놓칠 수 있기 때문이다. 우리를 경주까지 데려다줄 버스에 올라, 기행 자료를 한 장 한 장 넘기며 읽는 아이들을 바라보고 있노라니 교사로서 묘한 소명 같은 것이 느껴진다.

박목월의 작품은 길이가 짧은 시 위주이므로 문학관에 도착해서도 쉽게 읽어 낼 수 있지만, 김동리의 작품들은 어느 정도 분량이 있으므로 미리 읽어 보고 출발하는 것이 좋다.

애들아, 이번엔 경주로 떠나자!

내가 근무하는 지역의 교육지원청에서는 관내의 각 초·중학교에서 한두 명 정도의 학생을 선정하여 총 40여 명의 문학기행단을 꾸려 해마다 문학기행을 떠난다. 국어 교사인 나는, 운이 좋게도 그 기행에 여러 차례 참여하여 아이들을 인솔하였다.

이제 내가 근무하는 학교에서는 문학기행이 전공 필수처럼 여겨질 정도다. 헤아려 보니 아이들과 참 많은 곳을 다녀왔다. 김유정을 찾아 강원도 춘천으로, 박경리와 유치환을 찾아 경남 통영으로, 정지용을 찾아 충북 옥천으로, 최명희를 찾아 전북 전주로, 그밖에도 경북 김천의 백수문학관, 경북 안동의 이육사문학관 등을 아이들과 부지런히 찾아다녔다. 물론 아이들 모두가 책이나 문학관, 작가를 좋아한 것은 아니다. 문학기행을 통해 아이들 마음속 어딘가로 무심한 듯 스며드는 그 느낌에 매료되어 늘 새로운 마음으로 준비하고는 한다.

이번 목적지는 경주이다. 경주는 개인적으로 참 좋아하는 도시이다. 여러 가지 이유가 있지만 아마 그곳의 이미지와 분위기도 한몫하기 때문일 것이다. 야트막한 집들과 아름다운 자연, 그리고 도시 전체에 살포시 내려앉은 역사의 잔상, 이들이 어우러져 미묘한 매력을 뿜어낸다.

사람들은 경주라고 하면 어떤 곳을 먼저 떠올릴까? 나는 초등학교 시절 수학여행의 영향 때문인지 불국사와 석굴암이 가장 먼저 떠오른다. 그런데 경주는 놀라울 정도로 가 볼 곳이 많다. 첨성대, 대릉원, 흔히 안압지라고 알려진 동궁과 월지, 국립경주박물관, 교촌한옥마을, 분황사, 보문관광단지 등 헤아리기 힘들 정도이다. 아무래도 3박 4일은 머물러야 족히 도시를 둘러볼 것 같다. 그렇지만 아이들과의 문학기행으로 3박 4일은 쉽지 않은 법. 다음을 기약하며 알찬 하루짜리 계획을 잡아 본다.

이번엔 동리목월문학관과 경주 남산, 그리고 국립경주박물관을 선택했다. 경주를 대표하는 문인으로 김동리와 박목월을 빼놓을 수 없으며 다행히 아이들에게도 인지도가 높은 작가들이다. 그리고 경주 남산은 경주의 남쪽에 자리 잡은 야트막한 산으로, 많은 불교 유적이 여기저기 흩어져 있으면서 여러 설화들이 깃들어 있어 꼭 한 번 가 볼 만한 곳이다. 끝으로 일정의 마침표를 찍기로 한 국립경주박물관은 찬란했던 신라 천년의 역사를 일목요연하게 이해할 수 있는 곳이다.

아이들과 함께 경부고속도로를 이용하여 김천에서 경주까지 달려갔다. 아이들은 자료집에 나온 김동리의 소설 〈무녀도〉와 박목월의 시 〈청노루〉를 읽는다. 한 학교에서 한두 명만 참석하다 보니 처음 만난 사이가 대부분이다. 다소 어색한 친구와 이야기를 나누다 보면 어느새 도착이다. 중간에 고속도로 휴게소를 한 번 들렀다 가면 2시간 정도 걸린다.

현대 문학의 두 거목, 한곳에서 만나다

경주 시내를 벗어난 차가 다소 한적한 경주국립공원 토함산 지구를 향해 달렸다. 교차로에서 '신라의 달밤'이라 쓰인 표지석을 바라보고 좌회전을 하니 곧 추억의 수학여행 장소인 불국사와 석굴암을 가리키는 안내 표지판이 보였다. 불국사 입구를 조금 지나 우거진 숲길을 따라가니 오른쪽으로 동리목월문학관[1]을 알리는 작은 표지판이 반갑게 나타났다. 아름다운 숲길에 매혹되어 딴생각을 하다가는 그냥 지나칠 수 있으니 조심해야 한다. 그만큼 매력적인 숲길이다.

---

1 주소는 경북 경주시 불국로 406-3(진현동)이며, 2006년 3월 24일에 문을 열었다.

동리목월문학관(위)과 신라를 빛낸 인물관(아래)

버스는 아래쪽으로 미끄러지듯 내려가 주차를 했다. 주차장 오른쪽으로는 신라를 빛낸 인물관이 있고, 왼쪽에 보이는 건물이 동리목월문학관이다. 두 건물 모두 그야말로 '경주'스러운 지붕을 하고 있어 참 정겹다. 문학관을 둘러보고 시간이 허락된다면 신라를 빛낸

영상을 보며 두 작가의 생애를 미리 만나 볼 수 있다.

인물관에도 들르기를 권한다. 원효, 설총, 김유신, 박혁거세 등 이름
만 들어도 친숙한 신라의 인물을 마치 미술 작품을 감상하듯 재밌고
도 진지하게 만날 수 있다.

　보통은 문학관 계단을 올라(건물 구조상 입구 계단을 오르면 바로 2층이
나오고, 계단을 오르기 전 오른쪽 계단을 내려가면 지하가 아닌 1층이다.) 동리문
학관과 목월문학관을 관람한 뒤에 1층으로 내려가면 영상을 볼 수
있다. 하지만 학생들과 단체로 갔을 때는 일단 내려가서 영상을 보
고 난 뒤에 동리문학관과 목월문학관을 관람하는 것을 추천한다.
15분 가량의 짧은 영상을 통해 두 작가의 대략적인 생애와 업적을
파악할 수 있어 그들의 작품 세계를 이해하고 받아들이는 데 큰 도
움이 된다.

우리 일행도 영상을 먼저 보았다. 그리고 특별히 경주 지역의 역사와 문화를 해설해 주는 해설사로부터 간단한 강의도 들을 수 있어 더할 나위 없이 유익한 시간이 되었다.

김동리와 박목월의 작품에 비친 고향 '경주'

김동리는 1913년 경주 성건동에서 태어났고, 박목월은 2년 뒤 경주 건천읍 모량에서 태어났다. 그들은 대구 계성중학교 선후배 사이다. 두 작가에게는 공통점이 하나 더 있는데 그것은 바로 경주를 배경으로 여러 작품을 집필하였다는 것이다.

안동 MBC가 기획한 '오래된 약속'이라는 프로그램에서 동리목월문학관의 장윤익 전 관장은 다음과 같이 이야기한 바 있다.

"두 분이 워낙 친하고 또 문학 노선도 같고 문단 관계에서도 늘 함께 생활했어요. 또 경주에서도 늘 만나서 공부도 같이 했고요. 또 두 분이 경주를 너무 사랑했기 때문에 경주를 배경으로 한 시와 소설이 많다고 볼 수 있습니다."

공통점도 많았지만 두 작가의 성격은 다소 달랐다고 한다. "이보게 영종(목월의 본명), 3~4년 후면 우리가 문단의 주역이 될 걸세."라고 말할 정도로 대범했던 김동리와는 달리 박목월은 고독하게 시만 생각했던 사람이었다고 한다. 이렇게 달랐던 둘이지만, 작품 속에는 공통적으로 경주의 넉넉한 시공간이 짙게 드리워져 있었다.

먼저 김동리는 "고향은 작가의 마음밭이다. 나는 어린 시절부터 에밀레 종소리를 듣고 자랐다. 종소리는 신라와 나를 잇는 소리의 무지개였다."라고 할 정도로 고향에 대한 애착을 드러내고 있다. 그의 작품 〈무녀도〉, 〈화랑의 후예〉, 〈등신불〉, 〈을화〉에 이르기까지 작품 곳곳에 고향 경주가 스며 있다.

경주읍에서 성밖으로 십여 리쯤 나가서 조그만 마을이 있었다. 여민촌 혹은 잡성촌이라 불리는 마을이었다.

— 〈무녀도〉 일부

읍내 어느 부잣집 며느리가 '예기소'에 몸을 던진 것이었다. -중략- 모화의 숨결은 한 많은 김씨 부인의 혼령을 받아 청승에 자지러진 채, 비밀을 품고 조용히 굽이 돌아 흐르는 강물(예기소의)과 함께 자리를 옮겨 가는 하늘의 별을 삼킨 듯했다. -중략- 모화의 몸은 그 넋두리와 함께 물속에 아주 잠겨 버렸다.

— 〈무녀도〉 일부

이렇듯 〈무녀도〉에는 김동리의 고향 경주가 곳곳에 드러나 있다.

특히 '예기소'는 무녀인 모화가 망자의 혼백을 건지기 위해 굿판을 벌이다가 물속에 뛰어들어 끝내 자신도 빠져 죽은 곳이다. 경주 토함산에서 발원하여 명활산을 지난 알천(북천)이 시내를 가로질러 흐르다 경주 동국대 앞 금장대 앞에 이르면 영일만으로 흘러가는 서천과 만나는데, 두 물길이 만나 휘감아 돌면서 깊은 늪을 이루는 곳이 바로 예기소이다.

한편 박목월의 작품 중에서 경주를 시로 형상화한 작품은 주로 초기 시에 많이 나타난다.

〈달〉에는 '경주군 내동면 / 혹은 외동면'이라고 구체적인 지명이 살아 있고, 〈불국사〉에도 '흰 달빛 / 자하문'이라고 하여 불국사의 문을 소재로 하고 있다. 〈토함산〉에도 '동해너머로 둥둥 떠가는 진보랏빛 환한 봉우리 하나'라고 표현하면서 경주의 대표적인 산인 토함산을 넌지시 표현하고 있다. 이렇듯 그의 초기 시는 '자연'과 '향토적 정서'를 특색으로 하는데, 특히 '향토적 정서'는 고향 경주의 문화재와 자연 환경을 통해 형상화된다. 그는 산문 〈나와 청록집 시절〉에서 당시의 심정을 이렇게 회상한다.

나는 늘 혼자였다. 사무가 끝나면 거리로 나왔다. 거리랬자 5분만 거닐면 거닐 곳이 없었다. 반월성으로, 오릉으로, 남산으로, 분황사로 돌아다녔다. 실로 내가 벗할 것이란 황폐한 고도의 산천과 하늘뿐이었다.

그래서일까? 비록 세월이 흘러 김동리와 박목월의 육신은 경주를 떠났지만 한국 현대 문학의 거목이던 그들의 예술혼은 여전히 경주에 살아 숨 쉬고 있는 느낌이다.

작가, 그 출발점은 어디였을까?

김동리와 박목월은 어떻게 작가의 길을 걷게 되었을까? 김동리는 박목월보다 두 살 위이고, 김동리가 대구 계성학교 2학년까지 다니다 이후 서울 경신학교로 전학 갔으니 박목월의 중학교 선배이기도 하다.

두 사람 모두 어린 시절부터 글쓰기에 재능을 보인다. 김동리는 경주 제일교회의 부설 학교인 계남소학교 6학년 시절, 교지에 여러 편의 글을 발표하여 주변 사람들로부터 글 잘 쓰는 아이로 인정받았다. 박목월도 일찍이 1933년 대구 계성중학교 재학 중에 동시 〈통딱딱 통딱딱〉이 《어린이》에, 〈제비맞이〉가 《신가정》에 당선된 바 있다.

두 사람이 만난 것은, 서울의 경신학교에 다니던 김동리가 휴학하고 경주로 내려와 있던 1934년의 겨울방학 때였다. 박목월이 계성학교를 졸업하던 1935년 1월, 김동리는 소설 〈화랑의 후예〉로 《조선중앙일보》 신춘문예에, 그리고 이듬해에는 소설 〈산화〉로 《동아일보》 신춘문예에 당선된다. 이렇게 김동리가 먼저 문단에 등장하

김동리와 박목월이 함께 찍은 사진
(동리목월문학관 소장)

청록파 시인(조지훈, 박목월, 박두진)
(동리목월문학관 소장)

동리문학관 입구

게 되는데, 두 번이나 신춘문예에 당선된 김동리의 존재는 박목월에게 있어 두 가지 의미를 주었다고 한다. 하나는 서로가 서로의 외로움을 달래 주는 상대역이 될 수 있다는 점이고, 다른 하나는 문학적 성장의 촉발자 구실을 했다는 점이다. 이렇게 박목월은 고향 선배인 김동리와의 만남을 통해 자신의 고독감을 달랬으며 문학적으로 성장하는 계기를 마련한다.

김동리 외에도 박목월이 문학의 길로 나아가는 데 있어 함께한 중요한 문인들이 여럿 있다. 그중에서도 정지용, 조지훈, 박두진과 같은 문인은 박목월의 문학적 정체성을 확립하는 데 중요한 역할을 한 인물이다.

박목월은 작가 정지용에 의해 1939년 《문장》 9월호와 12월호에 추천되었고, 1940년 《문장》 9월호에 추천 완료되어 본격적으로 문단에 데뷔한다. 이때 정지용은 박목월을 다음과 같이 극찬한다.

북에는 소월이 있었거니, 남에 박목월이가 날 만하다. 소월의 툭툭 불거지는 삭주 구성조朔州龜城調는 지금 읽어도 좋더니 목월이 못지않아 아기자기 섬세한 맛이 민요풍에서 시에 발하기까지 목월의 고심이 더 크다. 요적謠的 수사를 충분히 정리하고 나면 목월의 시가 바로 한국시다.

김동리와 박목월은 이렇게 등단한 뒤에 다수의 아름다운 작품을 발표하며 한국 문학사에 커다란 획을 그었고, 지금까지 우리에게 기억되는 작가로 자리매김하게 된다.

동리문학관
토속 신앙을 작품에 그려 낸 한국적인 작가를 만나다

나는 중학교 시절에 〈등신불〉로 김동리를 알게 되었다. 그때만해도 어린 탓에 〈감자〉의 작가 김동인과 이름이 헷갈렸다. 곧바로 검색할 수 있는 스마트폰도 없던 시절이니 친구와 〈등신불〉의 작가가 누구인지를 놓고 티격태격했던 기억이 난다. 그 후, 고등학교와 대학교를 거치며 비로소 김동리가 우리나라 토속 신앙인 샤머니즘을 깊이 있게 다룬 한국적인 작가라는 것을 알게 되었다.

본격적으로 김동리를 만나기 전, 앞서 이야기한 바와 같이 아이들과 함께 영상을 시청하고 강의도 들으며 김동리의 삶과 작품 세계를 접해 본다. 그러고 나서 계단을 따라 올라가니 2층 왼쪽에

동리문학관에 있는 김동리 선생 흉상

동리문학관이 있다. 입구에 들어서자 한쪽 벽을 가득 채운 김동리의 연보가 가장 먼저 눈에 띈다. 1913년 경북 경주시 성건동에서 5남매의 막내로 태어날 때부터의 행적이 기록되어 있다. 이 연보를 통해 다시 한 번 대략적인 김동리의 생애 및 작품 세계를 파악할 수 있다.

기독교와 불교, 그리고 토속 신앙인 샤머니즘까지 아우르던 김동리. 그의 작품 소재와 정서에서 민족 정신의 정수를 발견할 수 있으며 가장 한국적인 것이 세계적인 것이라는 말을 실감할 수 있을 것이다. 〈을화〉가 세계인들에게 환영받은 것[2]은 토착 문화의 전통이 인류의 보편성으로 받아들여졌기 때문일 것이다. 특히 김동리의 작품 〈무녀도〉, 〈황토기〉, 〈바위〉, 〈등신불〉, 〈산화〉, 〈흥남철수〉, 〈을화〉 등은 휴머니즘을 바탕으로 인간의 운명적 삶의 공간을 토착 정서를 배경으로 하여 구성한 작품이다. 특히, 단편 〈무녀도〉의 모화, 낭이, 욱이는 장편 〈을화〉의 을화, 월희, 영술로 확대되고 변모되는 모습을 보이는데, 이를 비교하며 읽는 것도 쏠쏠한 재미가 있다.

그런데 김동리의 작품들은 어떤 빛깔을 가지고 있을까? 궁금해진다. 그의 모든 작품을 한 번에 이해한다는 것은 어렵겠으나, 문학관에 전시된 안내문을 천천히 읽어 보면 〈무녀도〉, 〈황토기〉, 〈역마〉

---

2 작가 김동리는 1982년 노벨문학상 후보에 오른 이력이 있다.

문학관 내 김동리의 집필 공간을 재현한 모습

로 대표되는 작가의 작품 경향을 어느 정도 이해할 수 있을 것이다.

먼저, 〈무녀도〉는 전통적인 무속 신앙과 외래 종교인 기독교 사이의 충돌로 인해 모자가 맞는 비극적 파탄을 액자 구성³을 통해 그린 작품이다. 무당인 모화와 기독교 신자인 그녀의 아들 욱이와의 대립은 우리나라 근대사에서 볼 수 있는 사상적 갈등을 응축하고 있다고 할 수 있다. 전통적인 종교인 무속 신앙은 전근대적이고, 외래 종교인 기독교는 근대의 상징으로 그려지는 것이다. 모화에게 욱이

---

3 액자가 그림을 둘러서 그림을 꾸며 주듯, 외부 이야기가 그 속의 내부 이야기를 액자처럼 포함하고 있는 기법.(출처: 위키백과)

는 자신의 세계에 침입하여 그것을 파괴하려는 적대적인 인물로 비춰지는데, 여기에서 혈연의 정은 용납되지 않으며 서로 파멸의 길로 치닫는다.

다음으로 〈황토기〉에는 억쇠와 득보라는 두 장사壯士가 나온다. 이 둘은 설희라는 여인을 사이에 두고 으르렁대다가 그 상황을 감당하지 못한 설희가 사라지자 분에 못 이겨 황토벌에서 끝없는 싸움을 벌인다. 〈무녀도〉와 쌍벽을 이루는 〈황토기〉는 김동리의 대표작으로 이 작품에 잘 드러난 허무의 세계는 〈무녀도〉의 신비하고 몽환적인 세계와 통하는 면이 있다.

일제 강점기부터 김동리는 근대의 한계를 비판하고 나섰는데, 〈무녀도〉에 나타나는 기독교와 샤머니즘의 대결은 이를 드러내는 방편이었다고 한다. 샤머니즘의 무당은 화랑[4]을 기원으로 한다. 그들은 하늘과 땅을 매개하며 한이 있는 인간을 한이 없는 자연의 세계로 이끄는 역할을 한다. 김동리는 근대를 비판하면서 민족의 현실에도 관심을 기울였다. 삼엄한 상황 탓에 일제를 직접 비판할 수는 없었지만, 설화를 수용하여 현실을 환기시켰던 것이다. 앞서 이야기한 〈황토기〉의 바탕이 되는 설화인 '절맥설絶脈說', '상룡설傷龍說', '아

---

4 민속 용어이다. 광대와 비슷한 놀이꾼의 패. 옷을 잘 꾸며 입고 가무와 행락을 주로 하던 무리로 대개 무당의 남편이었다.(출처: 표준국어대사전)

기 장수 설화'는 비극적인 조선의 상황을 암시하는 대표적인 사례라고 할 수 있다.

〈역마〉는 역마살로 표상되는 동양적이며 한국적인 운명관을 형상화한 작품이다. 하룻저녁 놀다 간 남사당패에게서 옥화를 낳은 할머니, 떠돌이 중으로부터 성기를 낳게 된 옥화, 마침내 엿목판을 메고 유랑의 길에 오르는 성기 등 이들 가족은 기묘한 인연과 비극적인 운명의 사슬에 매인 토착적 한국인의 의식 세계를 그대로 보여준다. 특히 계연과 성기의 엇갈리는 인연이 가슴 아프게 다가온다.

해방기 김동리 작품의 큰 축은 '문학이 정치의 도구로 이용되어서는 안 된다.'라는 주장을 작품으로 검증하는 것이었다고 한다. 그 방법으로 정치성이 배제된 세계에서 인간의 근원적 모습을 담아내는 일을 생각했다. 이러한 논리 위에서 구축된 대표적인 작품이 〈역마〉이다. 이 작품에서 두드러지는 것은 운명과의 대결이다. '화개장터'라는 공간적 배경은 등장인물의 삶과 일치하면서 풍수지리를 떠올리게 한다. 또한 주인공의 사주四柱도 운명의 조건이다. 작품 〈달〉에서는 이루지 못하는 사랑을 죽음으로 완성하는 모습이 드러나는데, 죽음의 장소가 물(자연)이라는 점에서 〈무녀도〉의 흔적이 느껴지기도 한다.

김동리의 작품 《을화Ulhwa》,《무녀도The Shaman Sorceress》,《사반의 십자가LA Croix De Schaphan》,《까치소리The Cry Of The Magpies》는 영어, 프랑스어, 독일어, 일본어로 번역되었다. 외국에서도 높이 평가된 이들 작품들

은 김동리가 세계적인 작가임을 증명해 준다.[5]

목월문학관

자연과 일상, 나아가 인간의 본질을 탐구하다

목월문학관을 들어서기 전, 잘 알려진 작품을 머릿속에 떠올려 본다. 내가 무척 좋아하는 시들이다.

산도화 1

산은
구강산
보랏빛 석산

산도화
두어송이

---

5 동리문학관의 안내문을 참조하였다.

송이 버는데

봄눈 녹아 흐르는
옥같은
물에

사슴은
암사슴
발을 씻는다.

윤사월

송화가루 날리는
외딴 봉오리

윤사월 해 길다
꾀꼬리 울면
산지기 외딴 집
눈 먼 처녀사

문설주에 귀 대이고

엿듣고 있다.

시가 이렇게 아름다울 수 있을까? 학창 시절, 한없이 박목월의
시를 사랑했다. 아름다우면서도 이토록 절제된 시어로 자연을 노래
한 시인이 존경스러웠다.

박목월은 1915년 1월 6일, 경북 경주시 서면에서 2남 2녀 중 맏
이로 태어났다. 본명은 영종이다. 박목월은 1939년에 등단해서
1978년 세상을 떠날 때까지 다섯 권의 개인 창작 시집과 한 권의
합동 시집을 남겼다.

박목월은 박두진, 조지훈과 함께 청록파 시인으로 더 유명하다.
그는 뛰어난 동시도 많이 남겼는데 대표적인 작품으로는 초등학생
에게도 익숙한 〈얼룩송아지〉와 〈물새알 산새알〉이 있다.

박목월의 시 세계는 보통 초기, 중기, 후기의 세 시기로 나뉜다.
초기 시집 《청록집》(1946, 조지훈, 박두진과의 3인 합동 시집), 《산도화》
(1955)에서 그는 동심의 소박성, 민요풍, 향토성 등이 조화를 이룬 자
연 친화적인 짧은 서정시를 발표하였다. 중기라 볼 수 있는 1950년
대 이후에는 《난·기타》(1959), 《청담》(1964)에서 삶의 일상을 제재로
한 인간 지향적 시편들을 노래하였다. 또한 후기작인 《경상도의 가
랑잎》(1968), 《무순》(1976) 등에서는 향토 회귀와 함께 존재에 대한

| 목월문학관 입구 | 문학관 내 박목월 선생 흉상 |

깊은 인식을 드러내는 시 세계를 보여 준다. 목월의 시 세계로 한 발짝 더 깊이 들어가 보자.

　박목월의 초기 시는 자연 지향의 시로, 서정적 자연과 향토의 세계가 작품 속에 펼쳐진다. 학생들에게도 익숙한 〈나그네〉, 〈윤사월〉, 〈청노루〉, 〈산도화〉 같은 작품이 초기의 대표작들이다. 시 〈청노루〉는《청록집》이라는 시집의 얼굴과도 같은 시이다. '청노루'의 한자식 표현이 '청록'이니 말이다. 나는 개인적으로 이 시기의 작품들을 특히 좋아한다. 짧은 시 속에서 시인의 생각을 발견할 수 있어서 좋고, 시어가 맑고 깨끗한 느낌이 들어서 좋고, 읽고 있노라면 어느새 자

문학관 내 박목월의 집필 공간을 재현한 모습

박목월의 동시집들

연의 일부가 되어 버리는 듯한 묘한 매력이 있어서 좋다.

이 시기의 작품들은 매우 절제된 언어로 자연을 노래하였으며, 짙은 서정성과 한국어의 리듬을 탁월하게 보여 주고 있다고 평가된다. 그런데 목월의 초기 시가 자연을 노래했다고 하지만 그 자연은 실제 존재하는 자연이 아니라 목월이 상상 속에서 만들어 낸 자연이다. 이에 대해서 "그것이 아무리 아름다운 것이라 하더라도 나의 서정적인 정서 위에 떠오르는 것에 불과한 것으로 인생에 대한 깊이를 간직한 것은 아닙니다."라는 목월의 고백도 있다.

그러나 맑고 순수한 아름다움이라면 인간의 삶과 직접적인 관련이 없다 해도 소중한 가치를 지닌다. 목월의 초기 시의 자연은 이전에는 존재하지 않았던 새로운 아름다움의 공간을 열어 주었다.

한 시인의 작품이 시간이 흐르면서 조금씩 빛깔과 향기가 달라진다는 것은 신기한 일일까? 당연한 일일까? 자연을 노래하던 박목월의 시는, 중기로 오면서 인간 세계에서 멀리 떨어진 신비한 미학의 세계로부터 자신의 일상적인 세계로 옮겨 간다. 극도의 압축과 생략을 구사하던 방식도 일상 언어를 사용하는 방식으로 바뀌어 나타난다. 즉 인간 지향의 시로, 삶의 일상과 인간애를 표현하고 있다. 《난·기타》에서 목월의 눈길이 머문 곳은 우선 가난한 시인이고 무능한 가장으로서의 자기 자신이다. 〈당인리 근처〉, 〈생일음〉, 〈난〉, 〈층층계〉 같은 작품은 시인의 삶과 가정을 보살펴야 하는 생활인으로서의 삶 사이에서 진솔하게 고뇌하는 모습들을 보여 준다.

동리목월문학관 계단에서 아이들과 함께

《청담》의 〈가정〉 같은 시에서는 생활의 고달픔과 시인의 길 사이에서 고뇌하는 시인의 모습을 만날 수 있다. 이 시기 목월은 어떤 때는 생활의 곤궁함에 대해서, 또 어떤 때는 세월의 무상함에 대해서, 또 어떤 때는 이루지 못하고 얻지 못한 것에 대해서 쓸쓸하게 노래했다.

목월의 초기 시와 후기 시를 따로 읽으면 같은 시인이 쓴 시가 맞는지 싶을 정도로 빛깔이 사뭇 다르다. 후기는 중기 시의 완만한 가락을 극복하고 밀도 짙은 토속어를 동원하면서 영혼 또는 내면을 노래하고 있다. 후기 시편들은 인생의 한계를 마주 보면서 삶과 죽음의 문제를 다룬 존재적 자아가 주된 관심사가 되고 있다.

《경상도의 가랑잎》은 시집의 표제가 암시하듯 향토 회귀적인 특성을 갖는다. 이 시집은 경상도 사투리와 고향 사람들의 순박한 인간성과 인정을 되살리는 데 초점을 두고 있다. 그러나 이러한 향토 회귀만큼 중시되는 또 하나의 요소는 죽음에 대한 의식과 또 거기서 우러나는 허무감을 곁들인 달관이다. 시집 《무순》에서는 죽음의 의식과 달관이 보다 심화되어 일관된 주제를 이루고 있다. '뭐락카노'로 시작하는 〈이별가〉에서는 이러한 주제와 함께 경상도 사투리를 진하게 느낄 수 있다.

이렇게 박목월의 시를 한 편 한 편 아로새겨 읽다 보니 목월문학관을 한 바퀴 다 돌았다. 왠지 시인과 좀 더 친해진 느낌이다. 계단을 내려가며 아이들과 함께 단체 사진을 찍고 다음 목적지인 남산으로 이동한다.

경주
남산

유네스코 세계문화유산,
경주 남산은 어떤 곳일까?

경상북도에 살면서도 남산은 처음이다. 이름이 인상적인 것도 아니고 고도가 높은 것도 아니다. 특별한 기대 없이 찾아간 남산, 기대가 없어서 그랬을까? 아이들과 나는 남산이 주는 매력에 푹 빠져들고 말았다.

문화 유적도 보고, 등산도 할 수 있으니 등산을 좋아하는 사람에게는 더할 나위 없이 좋다. 남산에는 여러 개의 등산 코스가 있다. 그중 삼릉골 코스에서 가장 많은 불교 유적을 볼 수 있다고 한다. 우리 일행은 한 코스(보통 4~5시간 소요) 전체를 완주하기에는 시간이 허락되지 않아 몇 군데만 따라가기로 했다.

그곳에 도착하니 우리에게 안내와 해설을 해 줄, 경주에서 살면서 경주 문화재 지킴이로 활동하는 선생님 부부가 우리 일행을 반갑게 맞아 주었다. 두 팀으로 나누어 한 팀은 남자 선생님을 따라, 다른 한 팀은 여자 선생님을 따라 산을 올랐다. 인원이 적어야 집중해서 설명을 들을 수 있기 때문이다. 나는 남자 선생님 팀을 따라갔다. 남산이 어마어마한 높이가 아니었기에 조금 마음 편히 따라나섰다.

왜 이름이 남산인가?

남산은 신라의 왕도였던 경주의 남쪽에 솟아 있는 금오산金鰲山(금오봉 468m)과 고위산高位山(고위봉 494m) 두 봉우리를 비롯하여 도당산, 양산 등으로 이루어져 있는데 이를 통틀어 남산이라고 부른다. 산은 그리 높은 편이 아니지만, 동서로 가로지른 길이가 약 4km, 남북의 거리는 약 8km에, 40여 개의 계곡이 있다. 또한 이곳에는 수많은 불적이 산재되어 있으며 여러 전설과 설화들이 깃들어 있다고 한다.[6]

---

6 경주남산연구소(http://www.kjnamsan.org/) 누리집 참조

가고 싶은 길

신라 건국 전설이 깃든 나정蘿井, 신라 왕실의 애환이 서린 포석정터, 김시습이 거처하면서 우리나라 최초의 한문 소설인 〈금오신화〉를 지었다고 하는 용장사터 등 많은 신라 시대 유적을 간직하고 있다. 특히 익히 알고 있던 금오신화의 '금오'가 바로 여기 남산(금오산과 고위산을 통틀어 '남산'이라고 부른다.)이라는 사실에 자못 놀랐다. 역시 세상은 또 하나의 학교이다.

남산은 왜 특별한가?

신라가 불교를 국교로 한 이후, 남산은 부처가 머무는 영산으로 신성시되어 많은 사찰과 탑이 세워지고 불상이 만들어졌다. 현재까지 조사된 바에 의하면 이곳은 122여 개소의 절터, 57여 개소의 석불, 64여 기의 석탑이 흩어져 있어 야외 박물관으로 불리고 있다. 그 외에도 남산 자체가 극락의 세계, 신라인의 불국토, 부처의 세계로 불려졌다고 한다. 그리고 하나 더, 남산은 2000년 12월에 유네스코 세계문화유산으로 등록되었다.

남산은 크게 둘로 나눌 수 있는데, 신라 태동의 성지인 서남산과 미륵골·탑골·부처골 등의 수많은 돌 속에 묻힌 부처가 있는 동남산으로 구분된다.

대표적인 유적을 몇 가지 소개해 본다. 남산 서쪽 기슭에 있는 나정은 신라의 첫 임금인 박혁거세의 탄생 신화가 깃든 곳이다. 하늘에서 찬란한 빛이 나정을 비추고 백마가 절을 하는 형상이 있어 가보니, 백마는 하늘로 날아가고 그곳에 있던 알에서 박혁거세가 나왔다고 한다. 양산재는 신라 건국 이전 서라벌에 있었던 6촌의 시조를 모신 사당이다. 포석정은 신라 천년의 막을 내린 비극이 서린 곳이다. 동남산에는 한국적 아름다움과 자비가 가득한 보리사 석불좌상, 9m 높이의 사면 바위에 탑과 불상 등을 새긴 불무사 부처바위, 바위에 아치형 감실을 파고 앉은 부처골 감실석불좌상이 있다.

남산에는 미륵골(보리사) 석불좌상, 용장사터 삼층석탑, 국보 칠불암 마애불상군을 비롯한 11개의 보물, 포석정터, 나정과 삼릉을 비롯한 12개의 사적, 삼릉골 마애관음보살상, 입골석불, 약수골 마애입상을 비롯한 9개의 지방 유형문화재, 1개의 중요 민속 자료가 있다.

남산은 유적뿐만 아니라 오르막길에 자주 걸음을 멈출 만큼 자연 경관도 빼어나다. 계절에 따라 옷을 바꿔 입는 계곡들도 많고, 그 옆으로 기암괴석들이 만물상을 이루며, 많은 등산객의 발길만큼이나 역시 수많은 등산로가 있다. 엄지손가락을 곧추 세워 남산을 일등으로 꼽는 사람들은 "남산에 오르지 않고서는 경주를 보았다고 말할 수 없다."고 입을 모은다. 자연의 아름다움에 신라의 오랜 역사가 덧칠되고, 여기에 신라인의 미의식과 종교의식이 버무려져서 예술로 승화된 곳이 바로 남산인 것이다.

남산에 숨겨진 또 다른 보물

  수많은 볼거리와 한 폭의 수묵화 같은 숲을 품은 남산은 발길이 닿는 모든 곳이 보물이다. 마치 보물지도와 같은 남산의 안내 책자를 보고 있노라면 '우아!' 소리가 절로 나온다. 그동안 많은 산을 가 보았지만 이런 산은 정말 처음이다. 자연을 보호하기 위해 만들어 놓은 나무 길을 따라 맑은 공기를 마시며 산을 오른다. 삼삼오오 무

불곡마애여래좌상

탑곡 마애불상군 앞에서 문화재 지킴이의 설명을 듣고 있는 아이들

리 지어 올라가는 아이들의 이야기 소리가 배경 음악이 된 듯 싱그
럽게 다가온다. 남산의 등산로에는 두 개의 이정표가 있는데 흰색 이
정표는 일반 산행 탐방로이고, 황색 이정표는 문화유산 탐방로이다.

《삼국유사》에서는 경주를 가리켜 '절은 하늘의 별만큼 많고 탑은
기러기가 줄지어 서 있는 곳'이라고 했다. 신라의 왕과 귀족들이 불
국사를 찾을 때, 백성들은 남산을 찾았다고 하니 약 10세기 전 이곳
으로 발길을 재촉했던 조상들의 일상이 겹쳐지면서 기이한 느낌을
안겨 줬다.

갑자기 선두에 섰던 학생들이 산 중턱에서 연신 감탄사를 연발
하며 소리를 지른다. 얼른 따라 올라갔더니 할머니 같은 모습의 부
처가 눈에 띈다. 흔히 보았던 부처와는 조금 다른 것이 귀엽기까지
하다. 일명 '감실부처'라고 불리는 불곡마애여래좌상이다. 동굴과 같
은 감실에 있어서 감실부처라고 부른다. 사람들은 할머니 같은 푸근
한 이 부처가 무슨 말이든 묵묵히 들어주리라 생각하고 많은 소원을
빌었을 듯하다.

조금 더 이동하여 도착한 곳은 거대한 바위였다. 탑곡 마애불상
이었는데 가장 먼저 북면을 보고 빙글빙글 바위 주변을 돌아보면서
차례로 감상하였다.

단단한 화강암으로 이루어진 이 바위는 높이가 약 10m, 둘레가
약 30m에 달한다. 특히 북면에 정교하게 그려진, 아니 새겨진 9층
탑과 7층탑, 그리고 중앙에 천개天蓋를 쓴 부처님이 앉아 계신다. 이

중 9층탑을 지금은 사라지고 없는 황룡사 9층 목탑(80m, 현대의 주택 20층 높이)일 것이라고 추측한다고 한다. 탑 옆으로 작은 종들이 귀엽게 달려 있는 것이 정말 정교하다는 생각이 들었다.

남면에 그려진 세 분의 부처님, 즉 삼존불을 통해서는 신라인들의 해학을 느낄 수 있었다. 삼존불은 가운데 본존불이 있고 양쪽에 협시들이 있는데, 특히 오른쪽 협시의 자세가 본존불 방향으로 살짝 삐딱하게 기울어져 있는 모습을 볼 수 있다. 문화재 지킴이는 본존불을 향한 마음의 기울어짐을 표현한 것이라고 설명해 주었다. 이를 바위에 새긴 이의 감각에 슬며시 미소를 지어 본다.

이 바위를 두고 어떤 이는 '신라인들이 부처를 바위에 새긴 것이 아니라 바위 속에 원래부터 숨겨져 있던 부처를 드러나게 한 것'이라 표현하기도 했다고 하는데 실제로 보니 그럴 듯했다. 바위 남쪽에 용장사곡 삼층석탑과 어우러진 경주를 내려다보며 다시 한 번 한 폭의 그림을 마음 가득 담았다. 시간이 허락된다면 천천히 산책하듯 남산의 구석구석을 다녀 보면 좋겠다.

우리는 국립경주박물관으로 발길을 옮겨 찬란했던 옛 신라를 추억하며 경주에서의 하루를 마무리했다.

글. 김은경

손바닥 여행 정보

작가 김동리에 대하여

1913년 경북 경주시 성건동 186번지에서 5남매 중 막내로 태어나 1995년 세상을 떠났다. 본명은 김시종이고 '동리'는 아호이자 필명으로, 형인 김범부가 지어 주었다. 20대 초반에 이미 신춘문예 3관왕을 차지했으며, 1936년 화제작 〈무녀도〉를 발표했다. 1978년 〈무녀도〉를 개작한 장편소설 〈을화〉를 발표하였고, 이 작품으로 노벨문학상 후보에 오른다. 그의 문학은 민족 문학과 순수 문학의 차원에서 높이 평가되고 있다.

동리목월문학관 찾아가기

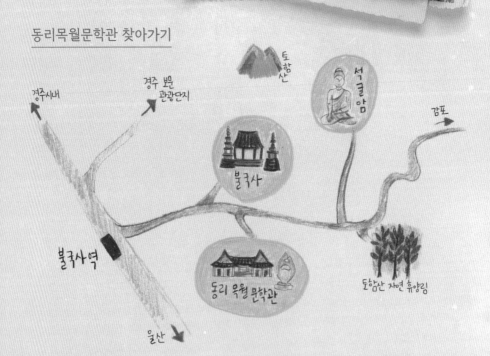

경주시내

경주 보문 관광단지

토함산

석굴암

감포

불국사

불국사역

동리 목월 문학관

토함산 자연 휴양림

울산

작가 박목월에 대하여

1915년 경북 경주시 서면 모량리 571번지에서 장남으로 태어났다. 본명은 박영종이고, '목월'은 시를 쓸 무렵 본인이 지었다. 목월은 등단할 무렵부터 이미 김소월에 비견될 만큼 각광받는 서정 시인이었다. 1939년에 등단해서 1946년 《청록집》을 낸 뒤 1978년 세상을 떠날 때까지 독자의 사랑을 많이 받는 한국 시단의 대표 시인이었다. 박목월의 시 세계는 섬세하면서도 넓고 다양하다는 평가를 받고 있다.

국립경주박물관에서
아이들과 함께

주변에 더 둘러볼 곳

역사 탐방의 색다른 즐거움, 경주 역사문화탐방 스탬프 투어
경주 양동마을을 시작으로 석굴암, 불국사, 그리고 동리목월문학관 등 16곳의 명소를 방문할 때마다 스탬프를 찍어 준다. 16곳을 모두 방문한 뒤에 인증 사진을 찍어 경주문화관광(http://guide.gyeongju.go.kr) 누리집 '스탬프 투어 완료 기념품 신청하기' 코너로 사진을 첨부해 신청하면 추첨을 통해 기념품도 준다.

경주에서 박목월 찾기
경주시 건천읍에는 박목월의 생가가 있다. 이곳은 2014년 6월 생가를 복원하여 개관하였다. 그의 시 〈나그네〉를 연상시키는 밀밭, 그리고 시낭송장, 디딜방앗간, 동상, 시비 등이 있다. 발길을 돌려 경주시 황성공원에 가면 '송아지 송아지 얼룩송아지'로 시작하는 〈얼룩송아지〉 노래비를 만날 수 있고, 경주 보문관광단지 중앙에 위치한 보문호수에 가면 '목월공원'이 있어 그곳에서도 그의 반가운 시들을 만날 수 있다.

남산을 오르는 아이들

서

백수문학관

문태준 시인의 고향

백수
문학관

샛별처럼 맑은 새암물이
시에 조롱조롱 맺혔네

경북에서 문학의 고향을 찾으라면 주로 박목월, 김동리 등으로 대표되는 동쪽 지역과 조지훈, 이육사, 이문열, 김주영 등이 떡하니 버티고 있는 북쪽으로 치우친 느낌이다.

그러나 우리 경북의 가장 서쪽에도 우뚝 선 현대문학의 봉우리가 있으니 바로 시조시인 백수白水 정완영 선생이다. 사람들에게 백수라고 하면 모두들 첫 반응이 피식 웃음부터 짓는다. 그러나 백수의 의미를 알고 나면 모두들 고개를 끄덕이면서 시인의 고향 사랑에 한없는 존경의 눈빛을 보내온다.

그도 그럴 것이 백수는 선생께서 직접 지은 별호이다. 김천金泉의 '泉'자를 따 와서 한자의 자획을 풀어 나누어서 '백수'로 하였으니 고향 김천에 대한 작가의 사랑이 담뿍 담겨 있는 별호임을 알 수 있다. 그러면서 이는 또한 '물같이 맑은 마음'을 뜻하니 선생의 정신이 담겨 있는 말이기도 하다.

김천 시내에서 12km 정도 떨어진 직지사 초입에 들어서면 먼저 대형 주차장이 보인다. 물론 위로도 자그마한 주차장이 몇 군데 있지만, 주차가 어려우니 이 대형 주차장에 차를 세우는 것이 좋다. 내리면 바로 마주하는 곳에 상가와 식당이 있다. 각기 맛을 자랑하며 손짓하는 주인네들로 인해 눈을 두기도 어렵고, 이들에 이끌려 식사부터 먼저 하면 포만감에 갈 길이 더욱 무거워질 수 있다. 그러니 내려오는 길에 편안한 마음으로 식사하기를 권한다. 실제 이 상가들은 몇십 년 전에는 절집 바로 앞에 있던 것을 자꾸 밑으로 내려 보내 지금의 상가를 이루고 있다.

상가가 끝나는 지점부터 시작되는 직지문화공원은 엄청난 평수를 자랑한다. 그런데 직지문화공원을 단순히 조경과 조각, 쉼터 공간이 어우러진 시민들의 문화 공간으로만 인식한다면 큰 오산이다. 이곳은 역사와 전통, 그리고 현대의 환경 문화가 조화를 이루어 구석구석에 담겨 있는 인문학의 보고와 같은 곳이다. 그래서 직지사 일대를 둘러보기 위해 온다면 족히 3~4시간은 가져야 겨우 전체를 둘러볼 수 있을 것이다.

직지문화공원을 지키고 있는 장승 부부

'백수문학관' 이야기로 다시 돌아가 보자. 백수문학관은 여느 문학관처럼 규모가 그리 크지는 않다. 그러나 백수문학관은 서로 연결되어 있다. 즉, 직지문화공원과 직지사를 같이 연결지어 보아야 한다.

백수문학관으로 바로 차를 몰고 올라가도 되지만, 적어도 마음의 여유를 가지고 나아가기를 원한다면 직지문화공원에서 시들을 감상하면서 오르는 것이 좋다. 상가를 지나 직지문화공원 입구로 들어서면 하늘 높이 우뚝 솟은 천하대장군과 지하여장군이 이곳을 찾은 이들을 반갑게 맞이한다. 장승이 있는 통로를 가로질러 분수대를 지나 오른쪽 다리를 건너가면 무지개 화장실 옆부터 많은 시비들을 만나

가고 싶은 길

직지문화공원 내에 있는 <고향생각> 시비

게 된다. 대략 300m 정도의 거리에 20여 개의 시비들이 양쪽으로 제각각의 몸짓들을 하고 서 있다. 거기에는 김영랑의 〈모란이 피기 까지는〉을 시작으로, 이육사의 〈청포도〉, 김춘수의 〈꽃〉, 박목월의 〈나그네〉, 조지훈의 〈승무〉, 서정주의 〈국화 옆에서〉 등이 때로는 늠 름하게, 때로는 나무 그늘에서 살포시 고개를 내민다. 그리고 어떤 시들은 바로 길가에는 부끄러운 듯이 저만치 나무를 친구 삼아 반짝 거리기도 하고, 어떤 시들은 반쯤 누워서 나른한 몸을 쉬고 있다. 물 론 백수의 시도 깔끔한 매무새를 하고 손님들을 맞이한다. 느릿한 걸음으로 공원을 오르면서 시들을 읽고 시비들을 어루만지면서 나

백수문학관 입구

아가다 보면 어느새 공원 끝자락에 다다르게 된다. 그곳이 세계도자기박물관 앞이다. 이 도자기박물관을 끼고 뒤로 돌아나가면 보이는 건물이 백수문학관이다.

문학관 입구에 있는 언덕에 연필 모양을 깎아 시 한 구절 한 구절을 새긴 것이 인상적이다. 아마도 어린이들을 사랑하여 많은 동시들을 지은 작가의 정신을 표현한 것이리라.

문학관 마당으로 들어선다. 힘 있게 쓴 '白水文學館' 현판이 수더분하게 말을 걸어온다. '너는 혹시 욕심 가득 안고 이곳에 오지는 않았니? 손 탈탈 털었니? 그래서 백수니?'

백수문학관 표지석. 연필 모양으로 깎은 조형물이 인상적이다.

어떻게 대답할까 고민하면서 문을 민다. 입장료가 없어 좋다. 안내 팸플릿을 보는 동안 근무자가 다가와 친절하게 말을 건다. 백수 선생의 대표적인 시집들도 꽂아 놓고 관람객들이 읽을 수 있도록 하는 등 배려해 둔 공간이 눈에 띈다. 다만 아쉬운 것은 건물의 반쪽은 사무실, 회의실 등으로 쓰고 있어 생각보다는 전시실 공간이 작은 편이다. 특히 미래의 꿈인 학생들을 위한 체험 공간이 없다는 점이 아쉽다. 예컨대, 시조는 비교적 짧은 형식의 글이니 선생의 시조를 필사한 뒤에 스탬프를 찍어 기념으로 갖도록 하는 작은 체험도 곁들였으면 하는 바람이다.

문학관 내에 있는 백수 선생의 흉상

잠시 문학관 입구의 소파에 앉아 선생의 동시집을 펴 본다. 시조의 형식을 띠고 있어 짧으면서도 아이들 볼에 쏙쏙 감기는 것만 같다. 어떤 시들은 한여름 봉당 밑의 봉숭아꽃처럼 부끄러운 분홍이기도 하고, 어떤 시들은 가을 논둑길에 핀 코스모스처럼 깔끔한 보랏빛을 자랑하기도 한다. 어쩜 저리 곱고 맑은 언어들이 말주머니에서 타박타박 걸어 나올 수 있을까. 볼수록 백수의 언어들은 맑은 새암물이 되어 송송 솟아오르는 것만 같다.

맑은 샘물 같은 시어들을 만나다

다시 시조 전집 《노래는 아직 남아》를 펼친다. 짧고 굵은 시들이 쏟아내는 감로 같은 시어들을 한 방울, 한 방울씩 입 속에 머금어 본다. 그리곤 다시 책장과 책장 사이를 돌다리 건너듯 이리저리 폴짝거리면서 물장구를 쳐 본다. 언어의 물방울들이 시원하게 톡톡 튀어

오른다. 짧은 봄밤을 화선지 한 장보다도 더 얇다고 표현한 구절이나, 낮달이 종소리를 머금으며 새살이 차오른다는 섬세한 가르침, 그리고 바람은 나무가 집이고 아늑한 보금자리라고 살짝 귓속말을 전해 올 때엔 온몸에 시어의 비타민들이 꿈틀대는 것만 같다.

잠시 숨을 고르고 문학관을 다시 둘러본다. 전시실 입구에 백수의 흉상이 있고, 대략적인 연보와 작품이 깔끔하게 소개되어 있다.

흉상과 연보를 보면서 오른쪽으로 발길을 돌리면 선생의 시들을 목각한 판목들과 각종 사진과 시집이 유리 너머로 가지런히 매달리거나 누워 있다. 그리고 통로를 따라 왼편으로는 선생의 집필실을 옮

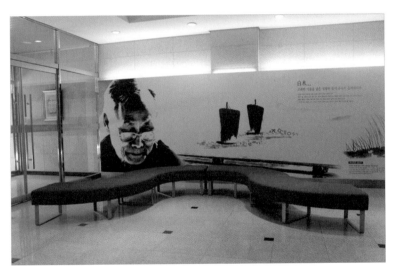

문학관 입구의 앉음자리와 백수

백수 선생의 집필실을 재현한 모습

겨 놓았는데, 자그마한 나무 책상과 반듯한 책장이 인상적이다.

　수많은 문인들과 주고받은 편지들이 한쪽 벽면을 빼곡하게 채우고 있고, 밑으로는 집필의 산고를 함께했던 안경과 만년필, 원고 등이 나란히 전시되어 있다. 서간문들은 주로 박목월, 구상, 유치환, 이호우, 김소운, 박종화 등의 문인들이 보내온 소식들이다. 이를 통해 볼 때, 백수는 이병기, 이은상, 김상옥, 이호우, 이영도 등과 어깨를 겨주는 한국 현대문학의 대표적인 시조 시인임에 틀림없다고 생각했다.

　조금 더 발걸음을 옮기니 벽면을 종이 삼아 3면에 선생의 대표작들이 유리판에 새겨져 주옥같이 빛을 발하고 있다. 그중 하나를 소리 내어 읊조려 보았다.

고향의 정겨움을 담아내다

다른 작품들도 좋지만, 〈분이네 살구나무〉를 읽으면 낮은 담장을 얕보며 오몰조몰 화알짝 핀 살구꽃들이 절로 그려진다. 꽃만이 아니라 어린 시절 동무가 떠오른다. 한없이 촌놈이었던 나의 어린 시절에, 봄이면 담 너머로 분홍빛을 남실대며 움츠러든 가슴을 활짝 펴게 했던 웃음 고운 친구네 집 살구나무가 떠오르고, 양지 바른 곳으로 살 오른 쑥들을 몽실몽실 뜯어 오던 할머니의 여윈 손가락이 그림자처럼 따른다. 이렇듯 백수의 시들에는 고향의 정겨움과 곱게 손 내미는 작은 눈망울들이 많이 담겨 있다.

아이들을 정말로 사랑한 그 마음에 고개를 숙이게 된다. 또한 시조라는 전통시가 형식을 고집하면서 맑은 샘물에서 막 길어 올린 아름다운 언어들로 우리의 전통을 살리고자 애쓴 선생의 삶에 대한 고마움을 표하면서 문학관을 나왔다.

시조는 상대적으로 짧은 형식을 띠기에 쉽게 여기기도 한다. 그러나 짧은 글일수록 더욱 정교함이 담겨 있다고 믿는 필자는 그 언어 한 글자 한 글자에 담긴 정밀함을 감상하기 위해 노력한다. 그래

6번방의 시조와 산과 들과 나무

서인지 백수문학관을 찾을 때는 마음이 더욱 섬세해짐을 느낀다.

백수문학관은 공원의 끝자락에 있다. 그런데 사실 문학관이 있는 이곳이 공원 끝은 아니다. 직지문화공원은 규모가 엄청나다. 밑에서 올라오면 세계도자기박물관과 백수문학관이 공원의 끝이라고 생각하기 쉽다. 그러나 여기에서부터 또 대단원이 시작된다. 눈에는 잘 보이지 않지만, 오른쪽으로 골짜기를 따라 엄청나게 넓은 사명대사 길이 펼쳐져 있다. 백수문학관을 나와서 위쪽을 보면 왼쪽으로는 직지사가 시작되고, 오른쪽으로는 사명대사길이 시작된다. 사명대사 길 쪽으로 깊은 골짜기를 따라 제법 큼직한 규모의 시설물들이 날마

직지사 사명각

다 들어서고 있어 몇 년 뒤에는 또 다른 볼거리가 될 것이다.

그런데 왜 길 이름이 사명대사길일까?

이것은 직지사와 매우 관련이 깊다. 왜냐하면 우리들이 임진왜란 때의 승병장으로 알고 있는 그 사명대사가 바로 이곳 직지사에서 출가하였으며, 후에 직지사 주지까지 지낸 인연이 있기 때문이다. 사명 유정(1544~1610)은 명종 때인 1560년 이곳 직지사에서 신묵화상의 제자가 되었고, 출가하여 직지사의 주지를 지냈다. 묘향산 보현사의 서산대사를 찾아가서 참선하고 수행하면서 진리를 탐구하였다. 1592년 임진왜란이 일어나자 승병장으로 활약하였으며, 광해군

2년인 1610년에 세수 67세를 일기로 가야산 해인사에서 입적하였다. 임진왜란 시절 승병장으로서의 활약은 물론이거니와, 왕명으로 일본에 강화사절로 들어가 도쿠가와 이에야스를 만나 강화조약을 체결한 뒤 잡혀갔던 포로 3,000여 명을 데리고 귀국하는 등의 활약을 하였다. 그래서 김천시에서는 해마다 사명대사길 걷기 한마당도 펼치고 있다.

직지사 경내에도 사명대사를 기리는 전각이 있다. 바로 '사명각'이다. 직지사 대웅전에서 왼편으로 조금만 가면 사명각을 마주하게 된다. 최근에 보수를 해 놓아서 전체적으로 깔끔하다. 이곳에는 사명대사의 진영이 모셔져 있으니 직접 눈으로 보는 것도 좋을 것이다. 물론 머릿속으로는 임진록을 떠올리면서 본다면 더욱 감상에 젖을 수 있을 것이다.

이외에도 단풍나무가 이어진 길의 소박한 자태와 천불전의 꽃무늬 문살에 취해 보기도 하고, 박물관 후원 연못, 극락전 도피안교 등을 보고 내려오면서 내 마음의 무게는 얼마나 줄일 수 있었는지 생각해 보면 의미 있는 시간이 될 것이다.

문태준 시인의
고향

태평, 시들이
포도송이처럼 맺힌 곳에서

　직지사 주차장에서 시내 쪽으로 발길을 돌려 덕천네거리에서 대전, 영동 방면으로 방향을 틀어 2km 남짓 올라가면 시인 '문태준'의 고향 마을이 나온다. 김천에서 벗어나 영동군 추풍령으로 이어지는 길목의 커다란 아치형 구조물 바로 전이다. 길가에 '태화 2리'를 알리는 돌 구조물과 함께 자그마하게 '시인 문태준 고향(700m)'라는 문화관광지 안내 팻말이 있다. 그러나 이 팻말은 벚나무의 휘늘어진 가지에 가려 잘 보이지 않는다. 조금만 더 관리에 신경 썼으면 하는 아쉬움이 있다.

문혜진 시인의 〈북극 흰 올빼미〉 시비

　'시인과 화가의 마을'이라는 동네길을 따라 안내판의 거리만큼 안쪽으로 들어가면 자그마한 마을을 마주하게 된다. 시인의 고향 마을이다. 시골이라 그런지 길이 좁다. 겨우 길가에 차를 세우고 나니, 황금측백나무와 장미꽃이 나무 담장에 기대어 반겨 주는 집이 먼저 눈에 들어온다. 문태준 시인의 사촌인 문혜진 시인의 〈북극 흰 올빼미〉가 시인의 마을 첫걸음을 걷게 한다. 자세히 보니 '문태○'로 문패를 가진 집이 여러 채 보인다. 나중에 들으니 모두 사촌들이라고 한다.

시인의 부모님과 함께

　문태준 시인의 집은 동네 맨 안쪽에 있다. 농산물 집하장으로 쓰이는 회관 바로 옆이다. 입구에서는 잘 보이지 않았는데 농산물 집하장을 가로지르자 현대식으로 재건축하여 단장한 생가가 바로 눈에 띈다. 마침 점심 무렵이라 시인의 부모님은 물론 포도밭 작업을 마치고 집에 들어온 누이동생 내외까지 만날 수 있었다. 시인의 외조카들이 김천에서 학교를 다닌 인연이 있어 금방 알아보고는 반갑게 맞아 준다. 황송하게도 집 안에 들어가 차도 마시고 과일도 먹으며 시인의 학창 시절과 요즘 사는 이야기 등 이런저런 이야기를 나누었다.

　시인의 집에서 나와 다시 윗마을로 향해서 군데군데 숨어 있는

동그랗게 맞이하는 <아침> 시비

시인의 흔적을 찾아본다. 시인이 지금의 집으로 이사 오기 전에 살았던 윗마을이다. 마을에 들어서니 동그란 모양의 <아침> 시비가 검은 눈을 반짝이며 손님들을 맞이하고 있다. 잠시 서서 시를 읽으며 옆으로 떼 지어 나는 참새 무리를 시에 나오는 그들인 양 쳐다본다. 꿈처럼 여름으로 익어 가는 포도송이들, 그리고 하얗게 망초꽃 일렁이는 밭들과 몇 채의 집들을 지나 마을을 한 바퀴 돌아 나올 즈음 느티나무 밑에 <은하수와 소년>이 자연스레 자리하고 있다. 반갑다.

파릇하게 숨 쉬는 시 한 편을 옮겨 본다.

老母

반쯤 잠긴 눈가로 콧잔등으로 골짜기가 몰려드는 이 있지만
나를 이 세상으로 처음 데려온 그는 입가 사방에 골짜기가 몰려
들었다
오물오물 밥을 씹을 때 그 입가는 골짜기는 참 아름답다
그는 골짜기에 사는 산새 소리와 꽃과 나물을 다 받아먹는다
맑은 샘물과 구름 그림자와 산뽕나무와 으름덩굴을 다 받아먹
는다
서울 백반집에 마주 앉아 밥을 먹을 때 그는 골짜기를 다 데려와
오물오물 밥을 씹으며 참 아름다운 입가를 골짜기를 나에게 보
여준다

시를 읽으면 고향의 자연을 닮은 시인의 둥글둥글한 얼굴이 떠
오른다. 포도송이들이 땀처럼 송글송글 맺힌 태평의 봉그레한 산자
락과 이를 살며시 쓰다듬는 바람 소리가 들린다. 시골 마을의 나긋
한 미소가 따라온다.

그러고 보니 백수 선생과 문태준 시인 모두 김천시 봉산면이 고
향이다. 이곳 태평에서 백수의 생가가 있는 봉계까지는 얼마 되지
않는 거리이다. 봉계에도 백수의 시비가 있어 고향 사랑을 더욱 느
끼게 한다.

봉계 고향마을의 <고향 가는 길> 시비

남산공원의 <고향생각> 시비

아직도 아쉬움이 조금 남아서 더욱 문향을 느끼고 싶다면, 시내 남쪽 언덕에 있는 '남산공원'으로 가 보자. 남산공원에는 백수의 〈고향생각〉 시비와, 또한 김천 성의여고에서 공부했던 이해인 수녀의 〈산을 보며〉가 푸른 하늘을 이고 있다.

글. 곽재선, 박영각

이해인 수녀의 <산을 보며> 시비

손바닥 여행 정보

작가 정완영에 대하여

백수 정완영은 1919년 11월 11일 경북 금릉군(지금의 김천시) 봉산면 예지리에서 태어났다. 어릴 때부터 할아버지에게 한문을 배웠으며, 봉계공립보통학교 시절 두 분의 스승에게서 크게 감화를 받는다. 1946년 고향 김천에서 <시문학구락부>를 발족, 이듬해 동인지 《오동》을 창간하였다. 1948년에 대표작인 <조국>을 창작하여 14년 뒤 조선일보 신춘문예에 당선된다. 이호우와 더불어 영남시문학회를 창립하였으며, 한국문인협회 시조분과 회장, 함국시조시인협회 회장 등을 지냈고, 2016년 8월 27일 숙환으로 세상을 떠났다. 시집으로 《채춘보》, 《묵로도》, 《실일의 명》, 《오동잎 그늘에 서서》, 《내 손녀 연정에게》 등이 있고, 대표적인 시로 <조국>, <부자상>, <분이네 살구나무>, <고향생각> 등이 있다. 경상북도를 빛낸 100인에 선정되었으며, 2006년에는 토방에서 시전집 《노래는 아직 남아》를 발간하였다.

직지시공원의 시비들

작가 문태준에 대하여

문태준은 1970년 경북 김천에서 태어나 김천고, 고려대 국어국문학과 졸업 후, 동국대 문화예술대학원 문예창작학과 석사, 일반대학원 국어국문학과에서 박사학위를 취득하였다. 1994년 《문예중앙》 신인문학상에 시가 당선되어 문단에 나왔으며, 시집으로 《수런거리는 뒤란》, 《맨발》, 《가재미》, 《그늘의 발달》, 《먼 곳》, 《우리들의 마지막 얼굴》, 《내가 사모하는 일에 무슨 끝이 있나요》 등, 산문집으로 《느림보 마음》, 《바람이 불면 바람이 부는 나무가 되지요》 등이 있으며, 제17회 동서문학상, 제4회 노작문학상, 제3회 유심작품상, 제5회 미당문학상, 제21회 소월시문학상을 수상했다.

백수문학관 찾아가는 길

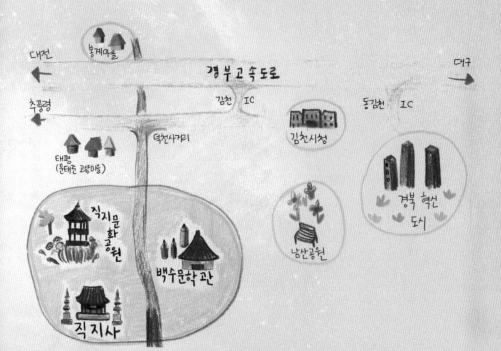

남

이상화고택
김원일문학관
대가야역사관

이상화
고택

민족정신과 문학의 향기가
살아 숨 쉬는 근대골목으로

대구 하면 가 볼 곳이 여러 곳이지만 그중에서도 중구에 있는 근대골목투어를 가장 추천하고 싶다. 볼수록 매력이 넘치는 이곳은 한국관광공사에서 선정한 한국 관광 100선의 명소 중 하나로, 주말이면 이름에 걸맞게 많은 사람들로 가득 차 푸릇푸릇하게 활기를 띤다.

늦은 아침을 먹고 대구역에서 내려 지하도를 건너 반월당 쪽으로 향했다. 이렇게 20여 분 걸어 현대백화점을 지났다. 이 현대백화점 앞 큰 도로에서 서문시장 쪽으로 조금만 더 걸어가면 근대문화골목이 보란 듯이 나타난다. 높고 화려한 빌딩 사이에 아담하게 앉아 있는 고택, 이상화고택이다. 마침 그곳에 도착한 시간은 정오가 조금 지났고, 토요일이라 그런지 평소보다 사람들이 많았다. 물어보니 근대골목투어를 안내해 주는 문화 해설사의 설명을 들을 수 있는 시간이 오후 2시라고 하여 고택에 있는 자료들을 읽으며 기다리기로 했다. 2코스 정기 투어는 평일에는 없고, 매주 토요일 오전 10시와 오후 2시에 있다. 또 매달 셋째 주 금요일 7시에는 야경 투어가 있다. 15명 이상 단체는 요일에 관계없이 전화(053-661-2625)로 신청하면 해설사의 설명을 들을 수 있다. 5개 코스가 있는데 내가 선택한 코스는 바로 2코스였다. 2코스는 이상화고택 앞에서 출발하여 영남대로, 제일교회역사관, 계산성당, 3·1만세운동길을 지나 동산선교사주택으로 이어진다. 그 거리는 비록 1.64km밖에 되지 않지만, 문화의 숨결을 따라 가자면 약 2시간 정도 걸린다. 드디어 2시다. 재미난 이야기가 숨어 있는 근대골목 안으로 한 걸음씩 들어가 보자.

빼앗긴 들에 다시 찾은 봄의 향기를 맡으며

이상화 시인은 1901년 음력 4월 5일 대구에서 태어나 한국 근대사에 문학평론가로 활동하며 독립운동을 한 인물로, 일제강점기의 아픈 현실 속에서 준열한 자기 비판과 불같은 저항정신으로 시를 쓴 시인이다.

그러기에 시인은 일제하의 암울한 시대적 상황을 직시하고 조국 광복을 염원하며 〈시인에게〉, 〈통곡〉, 〈빼앗긴 들에도 봄은 오는가〉, 〈나는 해를 먹다〉 등 빛나는 저항시를 남겼다. 폭풍처럼 살다 간 43년의 생애가 우리에게 '민족정신이란 무엇인가?, 시대의 아픈 현실 속에 나라를 위해 나는 무엇을 할 수 있는가?' 등을 고민해 보게 한다.

민족정신과 저항정신을 기리고 널리 알리고자 그가 마지막 숨을 거둔 대구시 중구 계산동 2가 84번지 고택을 2002년 대구 시민의 힘으로 지켜냈다. 그리고 광복 63년을 맞아 2008년 8월 12일에 기념관으로 개관하게 되었다. 시민들이 한마음 한뜻으로 지켜 낸 이상화고택은 역사적인 장소일 뿐만 아니라 마지막 시 〈서러운 해조〉를 집필한 곳이기도 하다.

잠시 벽에 기대서서 해설사를 기다리는 동안 이상화기념사업회 안내 자료를 통해 그의 삶을 살펴보고, 대표작 〈빼앗긴 들에도 봄은 오는가〉를 감상해 본다.

이상화는 오랫동안 프랑스 작가인 '폴 모랑과 보들레르'의 작품을 마음에 품고 있었기에 프랑스로 가서 문학 공부를 하고 싶어 했다. 그러려면 프랑스어를 배워야 해서 그가 찾은 곳이 일본 도쿄 간다에 있는 외국어전문학원 '아테네 프랑세'였다. 1923년 9월 《백조》 3호에 〈나의 침실로〉를 발표하고 일본에서 일어난 관동대지진으로 프랑스 행이 좌절된 채 이듬해 3월 귀국했다. 이때 일어난 관동대지진을 핑계로 일제는 무려 6천여 명(2만여 명이라는 설도 있음)이 넘는 한국인의 목숨을 빼앗아 갔다. 이는 '관동대학 살 사건'으로 불릴 만큼 대참사였다. 이상화는 학살당하는 한국 인의 시신 앞에서 절규하며 무너져 내리고 있는 힘없는 나라의 현실을 직시했다. 이러한 상황을 겪은 이상화는 그 전과는 다른 경향의 시를 추구하게 된다. 관동대지진으로 귀국한 이상화는 서 울 가회동에 있는 취운정翠雲亭에서 기거하며 시작(詩作)에 몰두했 다. 1923년 8월 박영희, 김기진 등과 〈카프〉 발기인으로 참여했 고 1926년 대표작 〈빼앗긴 들에도 봄은 오는가〉를 《개벽》 70호 에 발표했다.

— 이상화기념사업회 안내 자료 중에서

빼앗긴 들에도 봄은 오는가

지금은 남의 땅 — 빼앗긴 들에도 봄은 오는가?

나는 온몸에 햇살을 받고,
푸른 하늘 푸른 들이 맞붙은 곳으로,
가르마 같은 논길을 따라 꿈속을 가듯 걸어만 간다.

입술을 다문 하늘아, 들아,

내 맘에는 나 혼자 온 것 같지를 않구나!

네가 끌었느냐, 누가 부르더냐, 답답워라. 말을 해다오.

바람은 내 귀에 속삭이며,

한 자국도 섰지 마라, 옷자락을 흔들고,

종다리는 울타리 너머에 아씨같이 구름 뒤에서 반갑다 웃네.

고맙게 잘 자란 보리밭아,

간밤 자정이 넘어 내리던 고운 비로

너는 삼단 같은 머리를 감았구나. 내 머리조차 가뿐하다.

혼자라도 가쁘게나 가자.

마른 논을 안고 도는 착한 도랑이

젖먹이 달래는 노래를 하고, 제 혼자 어깨춤만 추고 가네.

나비야, 제비야, 깝치지 마라.

맨드라미, 들마꽃에도 인사를 해야지.

아주까리기름을 바른 이가 지심 매던 그 들이라 다 보고 싶다.

내 손에 호미를 쥐어다오.

살진 젖가슴과 같은 부드러운 이 흙을
발목이 시도록 밟아도 보고, 좋은 땀조차 흘리고 싶다.

강가에 나온 아이와 같이,
짬도 모르고 끝도 없이 닫는 내 혼아,
무엇을 찾느냐, 어디로 가느냐, 웃어웁다 답을 하려무나.

나는 온몸에 풋내를 띠고,
푸른 웃음 푸른 설움이 어우러진 사이로,
다리를 절며 하루를 걷는다. 아마도 봄 신령이 지폈나 보다.

그러나 지금은 — 들을 빼앗겨 봄조차 빼앗기겠네.

다시 찾은 들, 숨조차도 자유롭네

이 시는 나라를 일제에 빼앗겨 조국의 아름다움을 마음껏 즐기
지 못하는 상황에 대한 한탄과 울분을 피를 토하듯 그려 낸다. 봄이
온 하늘, 들판, 논, 보리밭은 활기차고 아름답기만 한데, 이 들판을
강제로 빼앗겨 그것을 온전히 누릴 수 없는 정서적 허무와 자조를

드러내며 민족의 암담한 현실적 비애를 표현하고 있다. 참다운 생명이 자라나기 위해서는 조국 광복이 꼭 필요함을 역설한 이 시는 광복을 보지 못하고 세상을 떠난 시인의 고택 마당에서 묵묵히 집을 지키며 시인을 떠올리게 한다.

'입술을 다문 하늘아 들아'는 의사 표현의 자유를 박탈당한 답답한 민족의 현실을 표현하고 있고, '아주까리기름을 바른 이가 지심 매던 그 들이라 다 보고 싶다.'에서는 '들판'에 대한 시인의 애정을 느낄 수 있다. 호미를 들고 부드러운 흙을 발목이 시도록 밟으며 땀을 흘리고 싶어 했던 시인은 끝내 광복된 땅의 흙을 밟아 보지 못했기에 안타까움을 더한다. '푸른 하늘 푸른 들이 맞붙은' 세계를 맞이했지만 당시의 고통과 아픔을 여전히 간직한 채 아직도 해결하지 못하는 문제들이 곳곳에 흩어져 있다. 실낱같은 희망을 안고 '가르마 같은 논길을 따라 꿈속을 가듯' 걸어간 시인은 마지막 시구 '그러나 지금은 – 들을 빼앗겨 봄조차 빼앗기겠네.'에서 결코 더 이상 조국을 빼앗길 수 없다는 의지와 애정을 역설적으로 표현하며 국권 회복에 대한 강렬한 염원을 드러내고 있다.

고택을 더 둘러보았다.

이상화 시인의 고택은 'ㄱ'자 형태로 사랑채와 안채로 구성되어 있다. 1930년대 경제적 여건을 고려할 때 굉장히 잘 지어진 부잣집이라고 한다. 안채에서 제일 먼저 눈에 띄는 것이 현판 '용봉인학龍鳳麟鶴'이다. '용봉인학'은 뛰어난 인물을 뜻하는데, 이상화 시인과 형제들을 상징한다. 맏아들 상정은 만주에서 항일 운동을 한 인물이고, 둘째가 이상화 시인이다. 셋째 상백은 우리나라에 최초로 사회학을 소개한 인물로 한국체육회장과 한국올림픽위원회 위원장을 지냈다. 넷째인 상오 역시 정통 수렵인으로 수렵과 관련된 저술을 많이 남겼다고 한다. 집에 와서 인터넷으로 검색을 하니 이상화 시인뿐만 아니라 다른 형제들도 걸출하고 뛰어난 인물들임을 알 수 있었다. 또 다른 방은 이상화 시인과 아내 서온순(아명은 서순애)의 초상화를 볼 수 있는 곳으로 시인이 마지막 숨을 거둔 장소라고 한다.

방을 둘러본 뒤 고즈넉한 앞마당으로 눈을 돌리면 시비 삼형제가 나를 반갑게 맞이한다. 이상화 시인에 대한 소개와 〈빼앗긴 들에도 봄은 오는가〉, 〈역천逆天〉이 기록되어 있는데, 천천히 시를 읽어 내려가니 색다른 기분으로 시를 감상할 수 있었다.

이상화 시인의 〈빼앗긴 들에도 봄은 오는가〉 시비는 이곳 외에도 천안시 독립기념관(1986년), 김천시 직지문화공원(2004년), 대구시 수성못상단공원(2006년), 서울특별시 종로구 중앙중·고등학교 교정(2008년) 등에서 만날 수 있다. 이렇게 많은 곳에 시비가 세워져 있다는 사실에 적잖이 놀랐는데, 시대를 초월한 감동과 역사적 가치를 실감할 수 있다. 대구에서 이상화 시비를 더 볼 수 있는 곳은 바로 '달성공원', 무료로 개방되어 있어 언제든 만날 수 있다. 달성공원은 1969년에 개원한 도시근린공원으로 시비 옆에 있는 코끼리와 원숭이 구경도 하면서 시비가 어디에 숨어 있는지 찾아보는 것도 재미있

달성공원에 있는 이상화 시비

을 것이다. 달성공원에 있는 이상화 시인의 시비를 잠시 구경해 보
기로 했다.

시비의 설명에 의하면 이상화李相和의 호는 尙火상화이다. 1901년
4월 5일 이시우李時雨 선생의 둘째 아들로 태어나 1943년 3월 21일
43세로 세상을 떠난 대구가 낳은 애국 시인이다. 대표작으로는 〈빼
앗긴 들에도 봄은 오는가〉, 〈나의 침실로〉 등이 있다. 이 비는 우리
나라 문단 최초로 세워진 시비라는 점에서 한국문학사에 중요한 의
미를 지닌다.

시비에 있는 시는 작가가 18세 때 쓴 작품 〈나의 침실로〉 11연
으로, 오른쪽에서부터 세로쓰기가 되어 있다. '세월과 침실'이 한자

이상화고택 입구

이상화고택의 내부

이상화 시인 부부의 초상화

마당에 있는 시비

가고 싶은 길

로 기록되어 있고 아래와는 조금 차이가 있다.

'마돈나' 밤이 주는 꿈, 우리가 읽는 꿈, 사람이 안고 궁그는 목
숨의 꿈이 다르지 않으니,
아, 어린애 가슴처럼 세월 모르는 나의 침실로 가자, 아름답고 오
랜 거기로.

평소에 입버릇처럼 일본은 반드시 망한다는 말을 자주했고, 교남
학교 교사로 있을 때 우리나라 학생이 일본 학생에게 맞는 것을 보
고 식민지 학생은 주먹이라도 강해야 한다며 복싱부를 만들기도 했
다. 민족의식과 시대정신이 담긴 그의 시는 우리나라를 이끌어 갈 세
대들에게 꼭 들려주고 싶고 당부하고 싶은 말이 아니었을까? 조국을
사랑하고 모국어를 지키기 위해 노력했던 이상화 시인의 시는 현재
를 살아가는 우리에게 물질보다 소중한 정신적 가치를 전해 준다.
　이상화 시인의 고택을 보고 나오면 바로 맞은편에 멋진 기와집
이 있다. 이곳이 바로 우리나라 국채보상운동을 이끈 서상돈 선생의
고택이다. 서상돈(1850~1913)은 천주교 순교자의 집안에서 태어나
맨손으로 시작해 큰 부자가 된 대구 출신의 민족 자산가이다. 안내
자료에 나온 내용을 소개해 본다.

1906년 대한제국 정부는 1,300만 원이라는 거액의 빚을 일본

서상돈고택

제국주의로부터 빌려 쓰면서 빚더미에 앉게 되었고 서상돈은 일
본 빛을 갚지 못하면 나라가 망한다고 생각하고 1907년 1월
29일 국채보상운동을 발의하였다. 국채보상운동은 고종 황제를
비롯하여 신분을 초월한 전국의 모든 남녀노소들이 참여하는 전
국적인 운동으로 해외 한인들에게까지도 전파되었다. 국채보상운
동은 비록 결실을 맺지 못한 채 끝나고 말았지만, 국권을 회복하
기 위해 온 국민을 단결시킨 자발적인 사회 운동의 모범이라는
점에서 역사적 의의가 지대하다.

서상돈이 시작한 국채보상운동 역시 나라를 사랑하는 마음에서 출발했다는 것을 알 수 있다. 원래 서상돈고택의 자리는 이곳이 아니었는데, 대구시의 개발로 인해 사라질 위기에서 시민들의 서명 운동을 통해 지금의 이상화고택 앞으로 이사와 복원이 되었다. 이상화고택에서 일제 강점기라는 조국 현실에 대해 처절하게 몸부림친 흔적을 살펴보고, 서상돈고택에 들러 국채보상운동에 대해 알고 나면 나라 사랑하는 마음이 저절로 생길 것이다.

김원일
문학관

'마당 깊은 집',
길남아! 오늘 뭐하니?

　전쟁 직후의 가난 속에서도 희망과 의지를 잃지 않고 꿋꿋하게 살아가는 우리네 이웃들, 길남이와 어머니를 만나러 김원일문학관으로 발걸음을 옮긴다. 김원일 작가의 문학관인 '마당 깊은 집'은 2019년 3월 6일에 개관식을 하고 문을 열었다. 〈마당 깊은 집〉은 김원일의 자전적인 소설로 1988년에 발표되었다. 이 작품은 한국전쟁이 끝난 직후인 1954년부터 1년 동안 대구의 중심부였던 종로, 장관동, 약전골목, 중앙통 일대를 배경으로 하고 있다.

　계산성당 바로 뒤편에 위치하고 있어 쉽게 찾을 수 있을 거라 예상했는데, 들어가는 입구가 좁아 주변을 한참 돌다가 몇 번이나 물어보고서야 찾을 수 있었다. 입구에 들어서자 〈마당 깊은 집〉의 여섯 가족의 벽화가 먼저 반갑게 맞이해 준다.

'마당 깊은 집'은 실제로 마당이 깊어서 붙여진 이름으로 5개의 계단을 내려가야 비로소 마당의 흙을 밟을 수 있다. 마당이 깊어서 큰비가 오면 마당에 수영장처럼 물이 고인다. 장마철에 마당에 고인 물을 마당 깊은 집에 사는 사람들이 모두 모여 물을 퍼 나르는 장면을 소설에서도 확인할 수 있다. 마당 셋째 계단까지 물이 차 준호 아버지의 지휘로 마당에서 물을 퍼 나르는 모습은 지금도 장마철이면 저지대 지대에 위치한 집에서 흔히 볼 수 있는 장면이다. 길남이의 눈에 생생히 기억된 한밤중의 물난리 사건, 집에 돌아와 책장 속의 먼지 묻은 책을 다시 펼쳐보게 한다.

"마당이 바다가 돼도 잠만 자면 다냐! 그 방에는 물이 안 들어
올 것 같아 잠만 자!"
바깥에서 주인아저씨가 다시 혀꼬부라진 소리를 질러대었다.
그제서야 아래채 방마다 웅성거리는 소리가 들렸다. 아우 둘
만 잠에 곯아떨어졌고, 선례누나도 옷을 챙겨 입었다. 어머니가
문고리를 따고 방문을 열자, 호롱불빛에 드러난 마당은 장관이
었다. 방문 앞 쪽마루가 남실거릴 정도로 마당은 물바다를 이루
었고, 마당 가운데 봉긋 솟은 화단은 섬이 되어 떠 있었다. 번개

가 하늘을 가르자, 중문 쪽에서 우산을 펴던 주인아저씨가 무릎까지 물에 잠긴 채 위채로 비칠걸음을 걷는 모습이 얼핏 보였다. 마당에 넘실대는 물 위로 장대 같은 빗발이 꽂혀내렸다. 빨래판과 고무신짝 따위도 물에 둥둥 떠 있었다.

"풍로며 부엌살림이 물에 다 잠겼겠다. 숯까지 물에 잠겼으니 아침밥을 어찌한담."

"이거 덩말 웬 비가 이렇게 쏟아디누. 마당이 대동강이 됐겠수다."

"아이구, 우리 신말 다 떠내려갔겠다!"

"방에까지 물이 들어오겠네. 이 일을 어쩌누!"

아래채 이 방 저 방에서 고함이 터져나왔다.

위채 대청에 남포등 두 개가 환하게 켜졌다. 잠을 털고 밖으로 나온 아래채 사람들은 쪽마루에서 더 나갈 수 없어 모두 발만 동동 굴렀다.

다섯 칸 돌층계 위 위채는 덩실하게 높아 겨우 세 번째 계단에서 물이 찰랑거렸다. (중략)

"마당과 정지에 물이 찼심더. 하수구가 막혀버렸는지 물이 통 빠지지가 않네예."

뒷집 남자의 대답을 듣고 준호아버지가 안마당으로 돌아나왔다.

"안 되겠구믄. 모두들 양동이 들구 나서우. 바깥마당을루 물을 퍼내는 도리밖에 방책이 없겠소."

준호아버지가 아래채 사람들에게 말했다.

각 방마다 자기네 물건 챙기기에만 바빴지 사람들은 준호아버지 말은 들은 척도 하지 않았다. 좁다란 선반에 이불이며 옷보퉁이를 포개어 올리다 못해, 홍규씨와 미선이누나는 큰 트렁크를 맞잡아 들고 위채 지대로 옮기고 있었다. 평양택과 순화누나는 군복 보퉁이를 이고 마당의 물을 첨벙거리며 경기댁 자식들 뒤를 따랐다.

"방안에 물이 넘쳐오모 우짜노, 우리는 재봉틀부터 먼첨 치아야제."

어머니는 용을 쓰며 손재봉틀을 선반에 올려놓고 있었다. 누나는 이불을 싸들고 나왔다. 길중이는 말없이 자기 책과 공책을 챙겼고, 막내아우도 깨어나 방문 앞에서 오들오들 떨었다.

"비온다. 마이 온다. 국물 마이 온다."

막내가 천둥치는 하늘을 보며 손뼉을 쳤다.

— 소설 〈마당 깊은 집〉 중에서

길남이 막내 동생이 천둥 치는 하늘을 보고 "비온다. 마이 온다. 국물 마이 온다."며 손뼉 치는 부분에서 심각한 상황을 깨닫지 못하는 천진난만한 아이의 모습을 볼 수 있고 이것은 어머니의 모습과 대비된다. 가장 먼저 재봉틀부터 챙기는 어머니의 어깨에는 생계를 책임지는 가장의 무게를 느낄 수 있다. 구수한 대구 사투리, 학창 시절을 보낸 대구의 지명이 그대로 등장하는 소설을 읽으며 전후 그 당시를 살고 있는 착각에 빠져 중구의 골목길을 길남이와 함께 돌아다녔다.

길남이의 눈에 비친 1950년대 대구의 모습이 흥미롭다. 당시 전쟁이 끝난 뒤 대구 피난민들의 생활상이 생생히 묘사되어 큰 재미와 감동을 준다. 고향 진영에서 열세 살에 대구에 올라온 길남이가 세 들어 살던 집이 마당 깊은 집으로, 길남이네와 같은 처지의 세입자들과 주인집까지 모두 여섯 가구가 하나의 마당을 공유하며 살아간다. 길남이 아버지가 월북했다는 이유로 길남이 어머니는 고향에서 살지 못하고 대구로 이사와 정착을 하게 된다. 어머니보다 좀 더 늦게 대구에 도착한 길남이는 어려운 가정 형편으로 인해 어머니에게 남편 역할, 장남 역할을 할 수밖에 없었다.

1990년에 MBC에서 이 소설을 원작으로 8부작 TV드라마가 방영되었는데, 문학관에 가면 이 영상을 볼 수 있다. 또 실제 작가의 어머니가 한복을 만들었던 재봉틀과 직접 만든 한복 등의 유품을 '길남이네 방'에 가면 만날 수 있다. 당시 크기와 비슷한 이 작은 방에서 어떻게 다섯 명이 함께 살았는지 물어보는 초등학생이 있다고 한다. 소설에서 길남이는 이 재봉틀을 '어머니가 첫아들을 생후 한 달 만에 잃고 상심해할 때, 아버지가 어머니를 위로하는 방편으로 사 준 발틀'로 이야기하고 있다. 아버지와 헤어지고 생계가 어려워지자 어머니는 아끼던 재봉틀마저 팔아 치웠지만 피난민 수용 열차에서 허기를 채운 것도 이것 덕분이라고 한다. 대구에 도착한 어머니는 남의 집 고공살이 끝에 어렵사리 모은 돈으로 생계를 위해 다시 재봉틀을 구입한다.

문학관 '마당 깊은 집'은 남성동 경로당 건물의 부지를 매입하여 재건축하였다. 김원일 작가의 부모님 사진과 직접 그린 그림 등을 전시하고 있는데, 작가가 즐겨 읽던 책과 소품도 만날 수 있다. 소설 〈마당 깊은 집〉은 일본어판(1992년), 프랑스어판(1995년), 스페인어판(1995년), 러시아어판(2009년), 중국어판(2009년) 등으로 번역되었고, 번역된 책은 문학관에 전시되어 있다. 중국에서 온 한 관광객이 큰 소리로 주변 사람들과 이야기하며 사진을 찍기에 무슨 일인가 해서 문화 해설사가 물어 보니 중국에서 〈마당 깊은 집〉을 읽었다고 했다. 대구 중구를 관광하다가 자신이 재미있게 읽은 책의 작가와 책이 전시되어 있어 놀랐다고 한다. 김원일의 〈마당 깊은 집〉은 우리나라에서만 인정받는 소설이 아니라 이미 여러 나라 사람들에게까지 사랑받는 소설임을 알 수 있었다.

문학관 한쪽 벽면에는 인물의 이름과 모습을 표현한 캐릭터 그림이 가족 단위로 소개되어 있다. 또 '마당 깊은 집'의 방 위치를 쉽게 이해할 수 있게 만든 집의 모형도 전시되어 있다.

문학관에 있는 '마당 깊은 집'의 모형을 통해 당시 집의 구조를 상상해 볼 수 있다. 5번과 8번 근처 계단을 통해 이 집이 다른 집 마당보다 깊다는 것을 알 수 있다. 11번 수돗가 옆으로 12, 13, 14번

위채 주인집 경북 의성군에 오랫동안 살면서 여러 대에 걸쳐 재력과 세력을 갖춘 집안의 자손으로, 증조부가 지은 마당 깊은 집을 소유한 주인댁이다. 주인 아저씨, 주인 아주머니, 노마님, 성준형, 짱구형, 똘똘이형, 식모 안씨가 살고 있다.

아래채 첫째 방 경기도 연백군에서 피란 온 경기댁 가족이 살고 있는 방으로 경기댁, 홍씨, 미선이 누나가 있다.

아래채 둘째 방 강원도 평강이 고향인 퇴역 장교 상이군인 가족이 사는 방으로 이른 봄에 세를 들어온 가장 늦은 입주자인 준호 아버지, 준호 엄마, 준호와 준호 동생 갓난쟁이가 살고 있다.

아래채 셋째 방 피란길에서 미군 비행기의 폭격으로 남편을 잃고 대구로 피란 온 평양댁 가족으로 평양댁, 정태 씨, 순화 누나, 민이 형이 살고 있다.

아래채 넷째 방 한국전쟁 때 가족을 남겨두고 단신 월북한 아버지로 인해, 어머니와 4남매만 남쪽에 남게 된 가족으로 우리의 주인공 길남이와 길남 어머니, 선례 누나, 길중이, 길수 다섯 식구가 살고 있다.

바깥채 가겟방 전쟁이 나던 해 들어와 살다가, 월북한 남편을 따라 월북해 버린 김천댁 가족이 살고 있는 방으로 김천댁과 복술이가 살고 있다.

가고 싶은 길

이 아래채 네 집이 살았던 공간이다. 2번 옆에 있는 방이 김천댁이 살았던 '바깥채 가겟방'으로 대문보다 김천댁 가게를 통해 마당 깊은 집 사람들이 드나들었다는 것을 소설을 통해 알 수 있다.

소설 〈마당 깊은 집〉에는 주인집을 제외하고 모두 한국전쟁으로 가장을 잃고 아픔을 간직한 가족의 모습을 잘 묘사하고 있다. 아래채 둘째 방의 가장 준호 아버지는 살아 있지만 전쟁으로 한쪽 팔이 불구가 된 상이군인으로 역시 전쟁의 상처를 잘 보여 주는 인물이다. 전후 가장을 잃고 고향을 떠나 살길이 막막한 당시 사람들의 모습을 사실적으로 잘 그려 내고 있다.

문학관 한쪽 벽에는 길남이 어머니의 인생어록도 전시되어 있다. 길남이 어머니는 한번 뱉은 말은 모질게 실천하는 다부진 여성으로 이웃에게는 억척스럽고, 자식들에게는 엄격한 사람이었다. 그러면서 전쟁 통에 홀로 되어 삯바느질로 다섯 식구의 생계를 책임지는 강인한 인물이다. 그녀의 성품을 전시되어 있는 구절을 통해 살펴보도록 하자.

- 남자는 자고로 입이 무거버야 군자 소리를 듣는다.
- 이 세상으 쓴맛을 알라 카모 그런 갱험이 좋은 약이 될 테이께. 초년 고생은 돈 주고도 몬 산다는 속담도 있느니라.
- 길남아, 니가 크야 한다. 질대(왕대)같이 얼렁 커서 사내 구실을 해야 한다. 그래야 혼자 살아온 이 에미 과부 설움을 풀 수

문학관 마당 깊은 집 입구

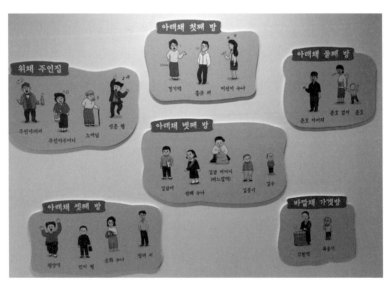

소설 <마당 깊은 집>의 등장인물

96

김원일 작가의 어머니 유품인 재봉틀과 한복

김원일 작가의 작품 전시장

가 있다.

- 이 에미가 너그만 공부 열심히 하모 학교는 남들이 시키는 만큼 시킬 끼다.

겉으로 볼 때는 투박한 듯 느껴지지만 곱씹어 보면 사람이 어떻게 살아야 할지 보여 주는 말들로 1950년대 전후 피폐한 상황을 살아 내기 위한 억척스러움이 그대로 담겨 있다.

잠시 작품 속으로 들어가 길남이의 순박한 모습, 어머니의 투박하지만 정감 있는 말투를 넋두리처럼 되뇌다가 길남이가 신문을 들고 뛰어다녔을 또 다른 골목길을 향해 발걸음을 옮겼다.

과거를 보러 가는 길, 영남대로

김원일 '마당 깊은 집' 문학관 끝자락을 벗어나 왼쪽으로 30걸음만 옮기면 좁다란 직선 골목길이 눈앞에 펼쳐진다. 그 길이 영남대로이다. 당시 선비들은 멀고 험한 과거길을 어떤 각오와 다짐으로 한 걸음 한 걸음 내딛었을까? 말이라도 탈 수 있는 선비들은 형편이 좋은 편이었을 것이고 가난한 선비들은 숙식비 걱정을 하며 한양까지 걸어갔을 것이다. 동래에서 출발하여 열나흘 간(약 380km)이 걸리는 영남대로는 경상도의 58개 군현과 충청도 및 경기도의 5개 군현

영남대로 표지판과 영남대로 벽화

에 걸쳐져 있고, 29개의 지선이 이어져 있었다. 한양에 도착한 선비들은 숭례문과 흥인지문을 통해 도성에 입성하여 문무 관료의 등용문인 문과와 무과의 과거 시험에 응시하였다고 한다.

근대 건축물과 약전과의 만남,
제일교회역사관과 약령시한의약박물관

제일교회역사관과 약령시한의약박물관도 볼거리가 많은 곳이다. 영남대로의 한 골목과 이어져 있어 쉽게 찾을 수 있다. 자료를 통해 살펴 본 대구제일교회는 영남 지역 최초의 개신교회로, 대구광역시 유형문화재 30호로 지정되어 있다. 미국 북장로교 선교사인 베어드 William M. Baord 목사는 1895년 대구선교지부가 승인된 뒤, 1896년 이곳의 대지 420평에 기와집 3동, 초가집 5동을 구입하고 수리해서 교회와 선교 기지를 마련했다. 1897년 초대 목사인 아담스James E. Adams선교사가 부임하여 체계적인 교회를 조직하였다. 그는 이곳에 최초 서양의술 의원인 제중원(동산의료원 전신)을 1899년에 개설하였고, 이 지역 최초의 신교육기관인 희도학교(1900년), 계성학교(1906년), 신명학교(1907년)를 교회 구내에 설립했다고 한다.

이 건물은 남북으로 긴 평면, 앞면 중앙에 배치된 현관, 버트레스(부벽)와 첨두형 아치, 첨탑 등 고딕 양식의 붉은 벽돌조로 지어진 근대 건축물이다. 건물 하부에 사용된 석재의 일부는 1907년 대구읍성 철거에 사용되었던 것으로 대구·경북 지역의 많은 교회 건물 중 가장 오랜 역사를 지녔다. 기독교 근대화에 기여한 상징물로 보존상태도 뛰어나서 근대 건축사 연구의 귀중한 자료가 되고 있다. 현재는 제일교회가 새로운 건물을 지어 청라 언덕 옆으로 이사했고, 이곳은 역사관으로 사용되는데 선교사들의 삶과 업적을 볼 수 있는 소중한 곳이다.

대구제일교회역사관을 둘러보고 약령시한의약박물관으로 출발했다. 이곳에서는 약전골목의 삶과 체취를 직접 느끼며 체험할 수 있다. 대구약령시는 조선 효종 9년(1658년)부터 대구읍성 안의 객사 부근에서 매년 봄과 가을 두 차례에 걸쳐 1개월씩 주기적으로 한약재를 거래했던 전통한약시장이다. 우리나라는 물론 만주와 중국, 몽고, 아라비아, 일본, 베트남, 독일, 영국, 러시아, 아프리카 등 여러 나라에 한약재를 공급함으로써 국제적인 한약 물류 유통의 거점으로 명성을 떨쳤다고 한다. 건물 1층은 기념물과 한약재를 살 수 있는 곳으로 무료로 쌍화차도 맛볼 수 있다. 색깔이 진한 쌍화차를 한 잔 먹고 한약 냄새를 맡으니 저절로 건강해지는 것 같다.

다음으로 고딕 양식의 전형적인 모습을 띠고 있어 아름다운 '계산성당'으로 이동했다. 성당 주변에는 일본어와 중국어도 들리고 사진을 찍는 사람들도 많았는데, 이곳은 이미 유명한 관광지가 되어 있었다. 계산성당은 처음에는 한식 기와집으로 지어졌으나 화재로

제일교회역사관

약령시한의약박물관

박물관 입구 모형물

사라지고, 1902년 현재의 모습으로 다시 지어졌다. 당시 서울과 평양에 이어 세 번째로 세워진 서양식 건물로 설계는 프랑스 신부 '로베로'가 맡았다고 한다. 영남 최초의 고딕 양식 성당으로 사적 290호로 지정되어 있으며, 이인성 화가가 그린 작품에서도 확인할 수 있다. 1930년대 계산성당을 그린 그의 작품에 감나무가 나오는데 현재 성당 마당에서 만날 수 있다.

계산성당 맞은편으로 횡단보도를 건너면 청라 언덕으로 올라가는 계단이 보인다. 청라 언덕을 올라가면 동산선교사주택과 이어진다. 청라 언덕 노래비 옆에서 시내 쪽으로 내려가는 90계단까지는 3·1운동 당시 만세운동을 준비하던 학생들이 일본군의 감시를 피해서 도심으로 모이기 위해 통과했던 길로, 당시에는 '솔밭길'이라 불렸다. 대구의 만세운동은 일제의 감시가 심해 3월 1일보다 늦은 1919년 3월 8일 오후 큰장에서 학생과 교회 지도자가 중심이 되어 일어났다. 이 솔밭길은 배움을 실천하고 민족의 정기가 배어 있는 곳으로, '선교사의 길, 현진건의 길'이라 부르기도 한다. 청라 언덕은 대구의 기독교가 지역 사회에 뿌리내리고, 지금의 동산의료원이 사회에 봉사하면서 성장한 중심지로 대구 근대화의 빛이 태동한 곳이다. 또 지난 100여 년간 지역의 역사와 함께 호흡해 온 유구한 시간의 흐름과 놀랄 만한 변화의 과정이 녹아 있는 곳으로 소개되어 있다.

'동무생각'을 부르며 청라 언덕에 오른다. '청라 언덕', 그 이름부터 싱그럽다. 신록이 짙어지는 계절이 오면 청라 언덕의 선교사 주택

계산성당

은 담쟁이 넝쿨이 휘감아 올라 온통 푸른 풍경을 연출한다. 청라^{靑蘿}란 푸른 담쟁이를 가리키는 말로, 언덕 위에 세워진 선교사들의 붉은 벽돌 사택을 푸른 담쟁이가 덮고 있는 곳이라 하여 청라 언덕이라 불린다고 한다.

청라 언덕은 학창 시절 누구나 한 번쯤 불러 보았을 '동무생각'의 노랫말 배경이 된 곳으로 유명하다. '동무생각'은 대구가 낳은 한국 근대 음악의 선구자 박태준 선생이 계성학교를 다니던 학창 시절의 로맨스가 담긴 노래로, 시인 이은상 선생이 박태준 선생의 연애사를 듣고 쓴 시에 다시 곡을 붙인 가곡이다. 푸른 담쟁이 넝쿨이 층층이 휘감긴 언덕을 오르내리며 백합처럼 예뻤던 신명학교 여학생은 이 노래의 주인공이 자기였다는 것을 알고 있었을까? 기억 속에서 가물가물하던 가사를 속으로 따라 불러 본다. 가사를 보면 자연스럽게 음정이 떠오른다. 학창 시절에 음악 수업을 열심히 들은 까닭인지 노래가 좋아서인지 알 수는 없지만, 벤치에 앉아 학창 시절의 친구를 생각하면서 '동무생각'을 부르며 추억 속으로 여행을 떠나 보면 어떨까?

봄의 교향악이 울려 퍼지는 청라 언덕 위에 백합 필 적에
나는 흰나리꽃 향내 맡으며 너를 위해 노래 노래 부른다
청라 언덕과 같은 내 맘에 백합같은 내 동무야
네가 내게서 피어날 적에 모든 슬픔이 사라진다

청라 언덕과 동무생각

스윗즈주택(선교박물관)

계명대학교 동산의료원 내에 위치한 청라 언덕은 1900년대에 살고 있는 착각을 불러일으킨다. 1893년 선교 활동을 하던 선교사들이 1907년 일제에 의해 대구 읍성이 철거될 때 성돌城石의 가치를 알고 가져다 주택의 주춧돌로 사용했으며, 동산의료원 개원 100주년을 맞이하던 1999년에 3동의 선교사 주택을 선교박물관과 의료박물관, 교육·역사박물관으로 개관했다고 한다. 좀 더 자세히 소개하면 스윗즈주택은 선교박물관, 블레어주택은 교육·역사박물관, 챔니스주택은 의료박물관으로 탈바꿈하여 아름다운 건축물과 다양한 소장품을 구경할 수 있게 만들었다.

당시 선교사들은 스모그smog(담배 냄새), 사운드sound(개소리 및 굿소리), 스멜smell(장 냄새)인 3S로 괴로워했다고 한다. 사실 여부보다 서로 다른 문화에서 오는 충격과 괴로움을 참고 견딘 선교사들의 인내심에 박수를 보낸다. 선교사주택을 둘러보고 나오는 길에 머나먼 이국 땅에 와서 배척과 박해를 무릅쓰고 혼신을 다해 복음을 전파하고 인술을 베풀다가 삶을 마감한 선교사와 가족들의 안식처인 은혜정원에 잠시 발걸음을 멈췄다. 숙연한 마음으로 은혜정원 앞에서 선교사 한 사람, 한 사람의 이름을 마음속으로 불러 보고, 근대골목투어 2코스의 마지막 길을 아쉬운 마음으로 내려왔다.

대구 3·1운동길

3·1운동길과 이어진 청라 언덕 가는 길

'일어나 일어나. 다시 한 번 해 보는 거야'

김광석의 노래를 사랑하는 팬으로 근대골목투어에도 소개되어 있는 김광석 거리를 꼭 걸어 보고 싶었다. 방학 중 하루를 택해 아침을 먹자마자 대구로 출발했다. 평일 오전인데도 사람이 꽤 많았는데, 주말과 공휴일에는 구경하는 사람들끼리 서로 어깨를 부딪칠 정도로 많다고 한다. 문화 해설사의 설명을 들으며 김광석 거리를 출발했는데 멋진 벽화가 가장 먼저 마음을 사로잡았다. 알록달록한 벽화들은 이 거리를 찾는 사람들의 마음을 만족시키기에 충분했다. 김광석의 음악을 들으며 보니 더욱 설레었다.

김광석은 1964년 대봉동에서 태어나 다섯 살까지 여기서 살다가 초등학교 때 서울로 이사했다. 창신초등학교, 경희중학교, 대광고등학교를 거쳐 명지대학교 경영학과를 졸업했다. 김광석은 음대 진학을 원했으나 경영학과로 진학하고 이후 대학로 등에서 라이브 가수로서 처음으로 1,000회 이상의 라이브 공연을 한 것으로 유명하다. 1996년 만 32세에 세상을 떠나기 전까지 오로지 음악을 위해 태어난 사람처럼 불꽃 같은 인생을 살았다.

김광석의 아버지는 방천시장에서 '번개전업사'를 했다. 방천 둑방의 길을 따라 방천시장이 형성되었는데 싸전과 떡집이 많았다고 한다. 2009년 재래시장 활성화 프로젝트인 '문전성시 프로젝트'에 중구청이 참여하게 되었다. 방천시장과 관련된 뛰어난 인물 3명(김

김광석 거리 입구

우중, 양준혁, 김광석)을 선정한 뒤 공청회를 거쳐 한 사람을 뽑았고 그 결과 '김광석 거리'가 만들어졌다고 한다.

전국의 젊은 화가들이 김광석의 삶과 노래를 중심으로 벽화를 그리며 이 길이 만들어졌는데, 처음에는 110m였던 것이 조금씩 참여하는 작가들이 늘어 현재의 거리가 탄생하게 되었다. 길의 중앙쯤에 있는 동상은 실제 김광석의 체격과 같게 제작되었다. 이렇게 왜소한 몸에서 어찌 그리 큰 울림이 나왔는지 감탄하게 된다. 중구청에서는 문턱 없는 관광지를 만들겠다는 생각으로 시각·청각 장애인들을 위한 '촉지벽화'를 만들었고, 이 벽화는 점자와 음성으로 김광석에 대한 안내를 담당하고 있다. 오후가 되니 동상 앞 공연장에서 누군가가 김광석 노래로 버스킹을 하고 있었는데, 김광석 거리를 통기타와 아름다운 음색으로 채워 주었다. 거리 한쪽에는 벽화가, 다른 한쪽에는 커피숍과 액세서리 판매점, 군것질을 할 수 있는 작은 가게들이 줄지어 서 있었다. 맛있는 간식을 하나 사 들고 벽화를 구경하며 김광석의 노래를 들으니 요즘 말로 작지만 확실한 행복인 소확행이 바로 여기에 있다는 생각이 들었다.

김광석 거리가 끝나는 부분에서 오른쪽으로 돌아 김광석의 스토리하우스로 발걸음을 옮겼다. 2016년에 개관하여 작년까지 무료로 볼 수 있었는데, 2019년부터 성인들은 2,000원의 관람료를 내야 한다. 1층과 2층을 둘러보며 김광석의 삶을 살펴보니 잔잔한 감동이 밀려왔다. 김광석을 이야기하면서 기타를 빼고 이야기할 수는 없다. 스토리하우스 2층에 전시된 '마틴 기타 트리뷰트 쇼룸'에 있는 안내를 옮기면 다음과 같다.

영원한 가객 고 김광석의 추모 20주기를 맞아 제작된 본 리미티드 에디션의 공식 모델명은 'M-36 김광석 트리뷰트 에디션M-36 Kim Kwang Seok Tribute Edition'이다. 이 모델은 마틴 기타에서 아시안 뮤지션 중에서 최초로 한국인 모델로 제작한 것이다.

마틴 기타는 1833년 설립된 이래 줄곧 어쿠스틱 기타만 생산해

온 180여 년 전통의 세계적인 명품 브랜드로 엘비스 프레슬리, 폴 매카트니, 에릭 클랩튼, 존 메이어 등의 세계적인 아티스트들이 애용하는 기타로 유명하며 그동안 엘비스 프레슬리, 존 레넌, 에릭 클랩튼, 에드 시런 등이 마틴의 헌정 모델이 된 바 있다.

지난 2016년 4월 22일 방한한 마틴 기타의 재클린 레너 사장은 "김광석은 한국에서 포크음악을 널리 알린 가수이며 아직까지 그 영향력이 크다는 점에서 한국 최초의 헌정 모델로 그를 선정하게 되었고 올해가 김광석의 52번째 생일이라 기념 모델은 52대 한정 제작해 2대는 유가족에게 기증할 것"이라고 밝혔다. 2016년 12월 드디어 M-36 김광석 트리뷰트 에디션 모델이 제작 완료되어 세상에 그 모습을 드러내었다.(중략)

이 모델의 지판 끝부분에는 김광석의 친필 사인이 인레이로 들어가 있고, 보디의 안쪽에는 한정 생산 넘버링, 친필 사인과 함께 그가 매번 공연 말미에 우리에게 항상 남기던 '행복하세요'라는 그의 아름다운 한마디가 새겨져 있다.

― 김광석 스토리하우스

기타와 함께 그가 가장 사랑했던 것은 오토바이다. 그래서 그는 40세가 되면 '할리데이비슨'을 타고 세계 일주를 하고 싶다고 자주 이야기했다고 한다. '할리데이비슨'을 타고 웃고 있는 벽화 속 그의 모습은 이 땅에서 이루지 못한 소원을 다 이룬 듯 기쁨과 만족감이

오토바이를 타고 있는 김광석을 그린 벽화

흘러넘친다.

2018년에는 김광석 스토리하우스와 중구청의 주관으로 제1회 김광석 캐릭터 공모전이 열렸다. 이때 입상한 작품들은 스토리하우스에서 만날 수 있다. 전시되어 있는 다양한 캐릭터를 감상한 뒤 김광석 작사·작곡의 노래 '일어나'를 틀고 헤드폰으로 감상했는데, 그의 노래의 울림은 어떤 일도 다 이겨 낼 수 있을 것 같다는 희망을 전해 주었다. 사람들에게 희망과 용기를 주는 음악의 힘에 대해 감

실제 크기로 만들어진 김광석 동상 　　　　스토리하우스에 전시된 마틴 기타

탄하고 그들의 창의성에 아낌없이 박수를 보낸다. 마음이 지친 사람
이라면 다시 한 번 힘차게 일어나자는 김광석의 노래를 들어보기를
권한다.

가고 싶은 길

검은 밤의 가운데 서 있어 한 치 앞도 보이질 않아
어디로 가야 하나 어디에 있을까 둘러봐도 소용없었지
인생이란 강물 위를 뜻 없이 부초처럼 떠다니다가
어느 고요한 호숫가에 닿으면 물과 함께 썩어가겠지

일어나 일어나 다시 한 번 해 보는 거야
일어나 일어나 봄의 새싹들처럼

— 김광석 노래 〈일어나〉의 일부

대가야
역사관

가야, 오백년 역사를 가진
고대 왕국을 가다

    오백 년 역사를 가지고도 제대로 그 모습을 보여 주지 않는 나라, 가야. 그 중심에 고령이 있다. 경북 고령은 딸기만 유명한 것이 아니다. 특산물뿐만 아니라 가야에 대한 궁금증도 해결할 수 있는 고장이다. 경상남도 김해를 중심으로 하는 금관가야에 대한 지식은 조금 있었지만 대구 근교 고령에서 가야에 대한 유물과 설명을 들을 수 있는지는 잘 몰랐다. 고령에서 찾은 대가야 이야기는 매우 흥미로웠다. 구미에서 1시간 정도 달려가 만날 수 있는 대가야역사관 주변에는 언덕처럼 생긴 산이 여러 개 있었다. 유심히 관찰하니 무덤일 것이라 추측되었다. 이렇게 무덤을 둘러싸고 오목하게 대가야역사관이 자리 잡고 있다.

대가야역사관은 상설전시실과 기획전시실로 이루어져 있다. 상설전시실은 대가야 및 고령 지역의 역사를 한눈에 알 수 있도록 구석기 시대부터 근대까지 역사·문화에 대한 설명과 유물을 전시해 놓았고, 기획전시실은 연 1~2회 정도 특정 주제를 정하여 기획전을 열고 있다.

2층 상설전시장으로 올라가 문화 해설사의 설명을 들으면서 관람했다. 대가야는 글로 남겨진 것이 거의 없어 유물로 추측할 수밖에 없다고 한다. 가장 먼저 전시된 것이 토기. 토기는 살아 있는 역사책으로 대가야 양식을 대표하기에 박물관 가장 앞쪽에 전시되어 있다.

현재 중학교 역사부도에 가야는 대가야(고령), 금관가야(김해), 고령가야(진주), 성산가야(성주), 아라가야(함안), 소가야(고성) 6개로 되어 있다. 대가야역사관에 전시된 자료에는 7개로 나누어져 있고, 지명도 약간 차이가 있다. 500년 넘게 지속된 가야의 역사를 살펴보는 것은 어떤 이유에서인지 우리 역사의 전면에 서지 못하고 희미해진 고대 국가의 문화를 살펴볼 수 있다는 점에서 중요한 의미를 지닌다. 고령에서 출발한 대가야는 고구려 광개토왕이 금관가야를 공격하여 큰 타격을 입었기 때문에 현재의 전라도 쪽으로 세력을 확장할 수밖에 없었다고 한다.

대가야박물관 입구

대가야왕릉전시관

가고 싶은 길

토기에 있는 한자

다양한 토기들

가야는 두 가지 건국 신화가 전해 온다. 하나는 "가야 산신과 하늘의 천신 사이에 태어난 두 형제 가운데 형은 대가야의 시조인 이진아시왕이 되고, 동생은 금관가야의 시조 수로왕이 되었다."는 것이다. 다른 하나는 "하늘에서 내려온 6개의 황금 알이 6명의 동자가 되었는데, 가장 먼저 깨어 나온 동자가 금관가야의 수로왕이 되었고, 나머지 다섯 동자가 다섯 가야의 왕이 되었다."는 이야기이다. 두 번째 소개한 신화가 더 알려져 있는데 금관가야가 쇠퇴하자 대가야에서 자신들이 중심이 된 새로운 건국신화를 만들었다. 그것이 첫 번째 소개한 신화다.

대가야의 무덤 양식은 순장이다. 구덩이를 파서 돌방을 만들고, 돌담을 쌓는다. 무덤 옆에는 저승에서 사용할 물건이 들어갈 창고방을 만들고, 그 근처에 순장자들의 무덤을 여러 개 파 놓는다. 공간을 다 마련하면 제사를 지내고 봉분 만들기를 하는데 다양한 종류의 흙으로 여러 겹 단단하게 쌓아올린다. 오랜 세월 동안 비와 바람에 유실되지 않고 보존된 이유가 여기에 있다고 한다. 국내에서 최초로 확인된 대규모 순장 무덤인 지산리44호분의 내부를 원래 모습 그대로 재현해 놓은 것이 '대가야왕릉전시관'이다. 실물 크기로 복원된 44호분 속으로 들어가면 무덤의 구조와 축조 방식, 주인공과 순장자들의 매장 모습, 부장품의 종류와 성격들을 직접 볼 수 있다. 30~40명가량의 사람들이 순장되었을 거라 예상하는데, 순장된 사람들은 어떤 마음으로 주인을 따라갔을까. 혹시 순장을 피하려고 도망친 사람은 없었는지 궁금해졌다.

대가야 양식의 토기는 구멍의 모양이 일직선인것이 특징이다. 구멍이 일직선이 아니고 어긋나면 경주 지역의 토기일 가능성이 높다고 한다. 손잡이가 말려져 있는 것 또한 대가야 토기의 특징이다. 토기에서 '대왕'이라는 한자를 볼 수 있는데 이미 다른 고대 국가에서 한자를 사용했듯이 가야에도 한자가 들어왔다는 사실을 알 수 있다. 그런데 문자로 기록된 양식이 전혀 없는 것은 패망한 국가의 흔적을 승리한 나라에서 모두 삭제했을 가능성이 높다고 한다. 가야에 대한 유물과 이야기를 들으며 관람하니 한 시간이 훌쩍 지나 있었다.

나라 잃은 설움이 가야금 열두 줄에, 우륵박물관

대가야역사관 입장료 티켓을 가지고 다음으로 찾아간 곳은 우륵박물관이다. 한 장의 티켓으로 두 곳을 살펴볼 수 있어 일석이조이다. 대가야역사관에서 차로 10분 거리에 있다.

우리나라 3대 악성인 우륵, 왕산악, 박연 중 한 사람인 우륵 선생은 대가야 가실왕과 신라 진흥왕 당시 활동한 천재 음악가로 설명되어 있다. 대가야 성열현 출신인 그는 가실왕의 부름을 받아 궁중 악사로서 가야의 음악을 통합 발전시켰다. 우륵은 가야금을 만들어 가야 각 지역의 향토성 짙은 음악을 고급 예술로 승화시킨 악성樂聖이

우륵박물관 전경

우륵 동상

다. 우륵은 대가야가 혼란스러워지자 신라로 망명했는데, 진흥왕은 국원에 머물게 하고 신라의 관료 계고, 법지, 만덕을 파견시켜 음악과 춤, 노래 등을 전수하게 하였다. 이후 우륵의 음악은 신라의 궁중 음악인 대악으로 채택되어 우리 음악의 기틀을 다지게 되었다.

대가야의 가실왕은 우리 민족 특유의 악기로 민족의 얼을 담은 음악을 부흥시킨 문화적 성군이다. 여러 지역에서 사용되던 악기를 가야금의 형태로 통일시키고 우륵으로 하여금 각 지역의 음악적 특징을 담은 12곡을 짓게 하여 분열된 가야를 음악으로 통합하고자 했다고 전해진다. 12곡은 상가라도, 하가라도, 보기, 달기, 사물, 물혜, 하기물, 사자기, 거열, 사팔혜, 이사, 상기물 등인데 지역명과 유사하다. 가실왕은 "가야 여러 나라의 소리가 다르니, 어찌 하나로 통일하지 않을 수 있겠는가."라고 하며, 당시 대가야의 정치적·문화적 영향력이 미치던 지방과 소국의 음악 등을 가야금 12곡으로 하나 되게 하여 결속을 다졌다고 한다. 가야금은 줄의 굵기로 음의 높낮이를 조절하는데 굵은 줄은 낮은 소리로, 명주실 80가닥 정도를 꼬아 만들고, 가는 줄은 30가닥 정도를 꼬아 만든다고 한다. 또 안족雁足이라는 기구를 통해 반음을 표현하고 조율도 한다. 가는 명주실이 모이고 모여서 이렇게 아름다운 선율을 만들어 내는 것이 매우 신기했다.

정악 가야금은 궁중 음악에 주로 쓰이고, 줄 간격이 넓고 크며 템포가 느리고, 산조 가야금은 민중 음악에 주로 쓰이고, 줄 간격이 좁

다양한 가야금을 전시하는 모습

오동나무를 말리는 건조장

고 크기가 조금 작다고 한다. 정악 가야금은 오동나무를 그대로 이용했고 산조 가야금은 아랫부분은 밤나무, 윗부분은 오동나무로 만들어 서로 이어 붙인다는 설명을 들었다. 12현의 가야금에서 18현, 21현, 25현의 가야금까지 나왔는데 현재는 25현을 가장 많이 쓴다. 현이 많아진 것은 그만큼 더 다양한 소리를 내기 위해서인데, 국악과 학생들은 25현 가야금으로 다른 악기와 협연을 많이 한다고 했다. 가야금, 양금, 거문고, 아쟁 등의 악기를 직접 보는 것뿐만 아니라 소리도 비교하며 들을 수 있다.

오동나무는 썩지 않는 것으로 유명한데, 5년을 말려야 가야금으로 만들 수 있다. 100개를 말리면 5~7%만 가야금으로 만들 수 있고, 말리는 과정에서 뒤틀리고 갈라진 것은 다 버린다고 한다. 가볍고 좀이 먹지 않고, 소리가 맑은 오동나무를 직접 말리는 현장은 박물관 옆 가야금 울림통 건조장에서 눈으로 확인할 수 있다.

가야금 모양으로 만들어진 박물관은 우륵의 생애와 가야금의 변천사를 알 수 있는 교육의 장이다. 잊혀져 가는 전통 음악의 향기도 느낄 수 있는 곳이었다. 아이들과 주말이나 방학을 이용하여 하루 코스로 대가야의 역사와 우리 전통 악기 가야금에 대해 공부할 수 있는 좋은 여행지이기에 적극 추천하고 싶다.

글. 임영규

경상북도

손바닥 여행 정보

작가 이상화에 대하여

1901년 4월 5일(음력)에 경북 대구(大邱, 지금의 대구광역시)에서 출생. 1919년 서울 중앙고보를 졸업했다. 1919년 3·1운동 때 학생운동을 배후에서 관리하고 선전문을 등사하여 배포하는 활동을 했다. 1921년 박종화와 만나《백조》동인이 되었고, 1922년 《백조》창간호에 <말세의 희탄>을 발표하면서 등단했다. 이후 일본의 아테네 프랑세에서 프랑스어 및 문학을 공부하고, 1923년 '관동대학살사건'을 계기로 1924년에 귀국했다. 1925년 <빈촌의 밤> 등의 작품을 발표하며 경향파 문학에 가담했다. 1937년 북경에 머물던 독립투사 이상정 장군을 만나기 위해 중국으로 건너가서 3개월간 머물다가 귀국했으나 일경에 피검되어 고초를 겪은 뒤 교남학교에 복직하여 교가를 작사했다. 1943년 4월 25일 계산동 2가 84번지 고택에서 부인과 아이들이 지켜보는 가운데 숙환으로 세상을 떠났다. 주요 작품으로는 <말세의 희탄>, <단조(單調)>, <가을의 풍경>, <나의 침실로>, <빼앗긴 들에도 봄은 오는가> 등이 있다.

상화를 더 만날 수 있는 곳

작가 김원일에 대하여

1942년 3월 15일 경상남도 김해군 진영읍에서 3남 1녀 중 장남으로 태어나 대구에서 성장했고 1950년 한국전쟁 중 아버지가 월북했다. 대구 농림고교 졸업 후 1962년 서라벌 예술대학 문예창작과를 졸업 후 1963년 영남대학교 국문학과 3학년에 편입하여 1968년 졸업했다. 1966년 대구 매일 신문 신춘문예에 소설 <1961년 알제리아>가 당선, 1967년 <현대문학>에 장편 <어둠의 축제>가 당선되어 등단했다. 1984년 단국대학원 국문학과를 졸업했고, 한국전쟁으로 인한 민족분단의 비극을 집요하게 파헤쳐 대표적인 '분단작가'로 불린다.

《노을》, 《바람과 강》, 《마당 깊은 집》 등을 출간하였으며 이 외에도 다수의 저서가 있다. 현대문학상, 한국소설문학상, 대한민국문학상 대통령상, 대한민국문화예술상 등을 수상했다. ― 문학관 김원일의 '마당 깊은 집' 자료 중에서

근대골목투어 코스 안내

1코스 **경상감영달성길**(3.25km/소요 시간 2시간 30분)
경상감영공원―대구근대역사관―향촌문화관―수제화골목―북성로―경찰역사체험관―희움 일본군 '위안부'역사관―종로초등(최제우 나무)―달서문―삼성상회―달성토성

2코스 **근대문화골목**(1.64km/소요 시간 2시간)
동산선교사주택―3·1만세운동길―계산성당―이상화·서상돈고택― 대구 구 교남 YMCA 회관―제일교회 역사관―약령시한의약박물관―영남대로―종로―진골목―화교협회

3코스 **패션한방길**(2.65km/소요 시간 2시간)
주얼리타운―대구읍성거리박물관―교동귀금속거리―교동도깨비시장―동성로―남성로(약령시)―섬유회관―서문시장

4코스 **삼덕봉산문화길**(4.95km/소요 시간 2시간 50분)
국채보상운동기념공원―관음사―삼덕교회―대구삼덕초등학교 구 관사―김광석 길―대구문화재단―봉산문화거리―대구향교―건들바위

5코스 **남산100년향수길**(2.12km/소요 시간 1시간 40분)
반월당―보현사―관덕정 순교기념관/남산교회―상덕사―남산동 인쇄전시관―성유스티노신학교―성모당―샬트르성바오로수녀원

주변에 가 볼 만한 곳

서문시장

대구 서문시장은 조선 후기 삼남에서 가장 큰 시장이면서 전국 3대 시장의 하나이다. 오늘날에도 주단이나 포목 등의 섬유 제품과 다양한 먹을거리를 중심으로 번창하는 대구의 대표적 전통 시장이다. 현재 서문시장의 대지 면적은 2만 7,062㎡, 건물 총면적은 6만 4,902㎡이다. 1지구·2지구·4지구·5지구·동산상가·건해산물상가 등 6개 지구로 구성되고, 약 4,000여 개의 점포가 들어서 있으며 상인 수는 약 2만 명이다. 주거래 품목은 주단·포목 등 섬유 관련 품목으로 전국적으로도 유명한 원단 시장이다. 그밖에 한복·액세서리·이불·의류·그릇·청과·건어물·해산물 등 다양한 상품이 거래된다.

서문시장은 사람들이 음식을 사 먹기 위해 일부러 시장을 찾아올 정도로 먹을거리가 많아서 '먹거리 천국'으로 불린다. 나이든 사람부터 젊은 사람들까지 모두 좋아할 수 있는 음식이 많다. 서문시장을 오래 다닌 사람에게 시장의 대표 먹을거리가 무엇인지 물어보면 십중팔구 '칼제비'라고 대답한다. 칼제비는 칼국수와 수제비가 합쳐진 말로, 1지구와 4지구를 이어주는 육교 아래에 있는 국수 골목에서 판다. 양이 풍부하고 가격도 저렴한 칼제비는 점심 때는 줄을 서야 먹을 수 있을 정도로 인기가 좋다.

달성공원

중구 달성공원로 35(달성동 294-1)에 있는 공원. 면적은 126,576m²(38,289평) 정도 된다. 공원 안에는 사적지로 지정된 달성(達城)과 동물원 그리고 향토역사관이 있다. 달성공원은 도시근린공원으로 다양한 희귀 수목과 조경수로 꾸며져 있다.

달성은 원래 토성으로 삼한 시대에는 달불성이라 불렸다. 그러다가 1596년 상주에서 경상감영이 이전해 왔는데 곧 현재 경상감영공원이 있는 위치로 옮겨진다.

1905년 공원으로 지정되었으며 일제강점기에는 대구 신사(大邱神社)가 위치해 있었다. 1963년 달성이 사적 제62호로 지정되었다. 그리고 1969년 공원으로 탈바꿈하고 1970년 동물원이 문을 열었다.

입구에 향토역사관이 있고 드넓은 잔디광장이 조성되어 있다. 역사와 관련된 것으로는 달성 토성, 관풍루, 최제우상, 달성서씨 유허비, 이상화시비, 어린이헌장비, 이상용 구국기념비, 허위선생순국기념비 등이 있다.

찾아가는 길

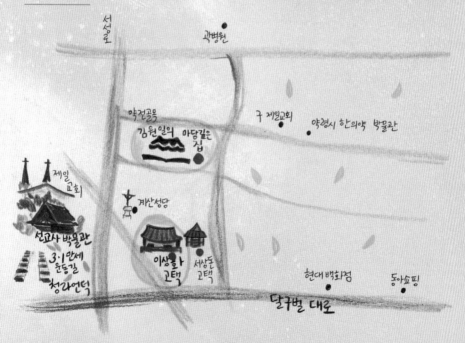

북

권정생동화나라
이육사문학관
조지훈문학관
객주문학관

권정생
동화나라

세상 가장 낮은 곳으로 울리는
종소리

권정생이라고 하면 모르는 이가 많지만 '강아지똥', '몽실언니' 하면 아~! 하면서 고개를 끄덕끄덕 하는 경우가 많다. 오늘은 권정생 선생의 순하디순하고 보드레하게 이른 봄풀처럼 피어난 살뜰한 기록들과 마음이 들어와 사는 곳, 안동 일직면에 있는 '권정생동화나라'로 향한다.

'권정생동화나라'로 가기 전에 먼저 조탑동에 들러 선생이 주로 살았던 생가가 있는 빌뱅이 언덕을 가 본다. 남안동 IC에서 내려서 안동 일직 방면으로 1km도 채 가지 않아 왼편으로 도로보다 낮은

권정생 작가가 살던 조탑동 집

권정생동화나라

곳에 마을이 하나 보이고, 더불어 외따로 선 전탑博塔이 마을 입구를 바라보고 있다. 이곳이 조탑동이다. 바로 권정생 선생이 멍멍이 뺑덕이와 함께 살았던 빌뱅이 언덕이 있는 마을이다.

마을 앞 전탑이 있는 곳에 비교적 넓은 터가 있어 그곳에 버스를 세우고, 아이들과 함께 동네 골목길로 들어선다. 동네로 난 작은 길을 걸어 들어가 마을 뒤편 약간 언덕진 곳에 이르면 조그마한 집 한 채가 나무에 몸을 가리고 있다가 살포시 고개를 내밀어 수줍은 미소를 짓는다. 마을 청년들이 선생을 위해 빌뱅이 언덕에 지어 준 조막집이다. 선생은 여기에서 바람소리, 새소리를 들으며 많은 옥고를 남겼다. 조그마한 집에 어울리게, 조그마한 나무 책상에, 투박한 볼펜 몇 자루로 어떻게 그렇게 소박하면서도 아름다운 열매를 주렁주렁 맺었을까?

아이들은 생가 주변을 이리저리 기웃거리며 뭔가 색다른 것이 없나 할 뿐이다. 워낙 시골 창고 같아서 마을 뒤편에 있는 작은 집이네, 이런 곳에서 살았단 말인가 하며 별 느낌이 없는 듯하다.

마을을 다시 나와서 차에 오른다. 여기에서 '권정생동화나라'가 있는 곳까지는 10분이 채 걸리지 않는다. 일직면에 있는 폐교를 정리하여 동화나라로 만들었다. 최근에는 입구 진입로까지 새로 포장을 하여 버스로도 진입이 가능하다.

잔디가 곱게 깔린 운동장 입구에 들어서면 느티나무랑 벚나무랑 사이좋게 맞아 준다. 그리고 까투리 가족들, 강아지똥, 몽실언니가

현관 입구에서 반갑게 맞아 주는 까투리 가족 캐릭터들

한 마당씩을 차지하고 반겨 준다. 계단을 오르며 마주하는 통일 기원 조각물, 꿈을 찾는 조각물, 사람 얼굴이며 별들도 소소한 재미를 준다.

드디어 입구에 들어서면 먼저 실내화로 갈아 신고 현관 입구에 쫑알거리며 서 있는 까투리 가족들을 만나 사진을 찍어 보자. 그런 다음에는 복도에 걸려 있는 동화들을 한 자 한 자 정성스럽게 읽으며 전시실로 향하면 된다. 조그마한 전시실에서는 권정생 작가의 소박한 유품과 작품 소개, 그리고 무엇보다도 작가의 유언이 보는 이들의 발걸음을 멈추게 한다.

전시실 자료에 따르면, 권정생 선생은 일제 말기인 1937년에 일본에서 태어나 해방 직후인 1946년에 귀국하였지만 갈 곳이 없어 식구들이 뿔뿔이 흩어졌다. 그 다음 해 12월에야 가족들이 모일 수 있었는데, 한국전쟁으로 또다시 엄청난 생활고를 겪어야 했다. 이후에도 가난과 싸우며 나무장수, 고구마장수, 담배장수, 재봉기 상회 점원 등 고생을 밥 먹듯이 하는 가운데서도 간간이 많은 문학 작품들을 읽었다. 1965년 어머니, 아버지마저 세상을 떠나자 일직교회에 의지하여 삶을 이어 나간다. 한편, 병약했던 작가는 1955년 무렵부터 결핵을 앓기 시작해 곧 늑막염과 폐결핵, 신장결핵, 방광결핵 등으로 온몸이 망가졌다. 처절한 가난이 병을 달고 살게 만든 것이리라. 그런 가운데 1969년 작가의 대표작이라 할 수 있는 〈강아지똥〉이 월간 〈기독교교육〉에 당선된다. 그리고 보면 작가는 평생을 병환과 싸우면서도 어린이를 위한 글 속에서 살다 가신 분이다.

사진 속 모습을 보면 갖은 고생으로 못 먹고 비틀어져 몸피가 유난히 왜소하고 병약하다. 짐작해 보건대 자신의 어린 시절 고통이 그대로 몸속에 유전자로 남아 있기에 굶주리거나 병약한 아이들을 보면 항상 가슴으로 울었을 것이다. 그것도 자신의 의지와는 상관없이 전쟁으로 폐허가 되거나 어른들의 잘못으로 인해서 가난함 속에 허우적거려야만 하는 아이들. 그래서인지 돌아가시는 그 순간까지도 세상 낮은 곳의 아이들에 대한 안타까운 마음으로 북한의 굶주리는 어린이들과 네팔의 어린이들을 위해 자신의 인세를 모두 써 달라

작가 권정생

작가의 방을 재현한 모습

권정생동화나라 입구에서

는 유언을 남겼는지도 모르겠다.

　누군가가 동화나라 운동장에 있는 종을 친다. 종소리가 싱그럽다. 문득 작가가 젊은 시절 교회의 종지기였을 때의 일화가 생각났다. 작가는 추운 겨울날에도 새벽이면 어김없이 맨손으로 줄을 당겨 종을 쳤다고 한다. 이를 안타깝게 여긴 사람이 어느 날 장갑을 선물해 줬다고 한다. 그런데 그 후에도 작가는 여전히 장갑을 끼지 않은 맨손으로 줄을 당겨 새벽을 열었다고 한다. 그 이유를 물으니, "장갑을 끼고 줄을 당기면 혹시나 종소리가 둔해질까 봐."라고 대답하였다고 한다. 아, 눈물 날 정도로 맑은 마음이다.

　잔디가 곱게 자라난 동화나라 앞마당에 홀로 서서 가만히 눈을 감아 본다. 문득 새하얀 종소리가 들려온다. 이제 그만 마음의 때를 벗겨 내고 좀 인간답게 살아가라고 '댕댕댕'거리며 귓속으로 스며들어와 머리를 후려치는지도 모른다. 멀리 하늘에서부터 세상 가장 낮은 곳으로 종소리가 맑고 곱게 울려 퍼지고 있다.

이 세상은 너로 하여 더욱 빛난다.

옛말에 '개똥도 약에 쓰려니 없다.'라는 말이 있다. 어릴 적 이 말을 들으면서는 개똥도 약으로 쓰는 모양이구나라고 생각하면서도 어디에 쓰는 약인지는 몰라도 엄청 더럽다는 생각만 떠올랐다. 그래서인지 작가의 《강아지똥》을 보면 같이 연상되는 것이 바로 이 속담이다. 물론 속담의 뜻과는 거리가 멀지만 그래도 개똥이라는 공통점이 이상하게 둘을 억지로 묶어 놓는다. 옛날 어른들은 길 가다가 있는 개똥 하나도 그냥 지나치지 않고 밭에 쓸 거름으로 모았다. 그런데 요즘은 개똥도 함부로 방치하면 민폐가 되는 세상이 되었다. 세상이 많이 바뀌었다.

그래도 변치 않는 것이 있다. 생명의 소중함이다. 새들도, 나무들도, 아름 모를 수많은 풀과 꽃들도, 책상도, 연필도, 심지어는 구르는 돌 하나도 생명 아닌 것이 없다. 바로 이 세상 모든 존재들에 대한 고귀함이다. 이를 잘 나타낸 것이 《강아지똥》이 아닐까 한다.

《강아지똥》표지

"난 더러운 똥인데, 어떻게 착하게 살 수 있을까?

아무짝에도 쓸 수 없을 텐데......."

(중략)

"네가 거름이 돼 줘야 한단다."

"내가 거름이 되다니?"

"네 몸뚱이를 고스란히 녹여 내 몸 속으로 들어와야 해.

그래야만 별처럼 고운 꽃이 핀단다."

(중략)

봄이 한창인 어느 날,

민들레 싹은 한 송이 아름다운 꽃을 피웠어요.

향긋한 꽃 냄새가 바람을 타고 퍼져 나갔어요.

동화나라 마당의 강아지똥

방긋방긋 웃는 꽃송이엔 귀여운 강아지똥의
눈물겨운 사랑이 가득 어려 있었어요.

―《강아지똥》 중에서

몽실아, 몽실아, 뭐 하니?

참 지독히도 가난하다. 가진 것도 없고 사람복도 없다. 그러면서
도 억척같은 의지를 지녔다.

전쟁과 가난 속에서 손 부르트고 발 얼어터지면서 산 우리네 모
습이다. 내가 어렸을 적인 1960년대도 가난이 귀신처럼 따라다녔는

데 하물며 인류 역사상 가장 크고 악독했던 두 번의 전쟁을 겪은 작가의 어린 시절이야 어찌 말로 표현할 수 있을 것인가. 일제 강점기의 막바지에 겪은 2차세계대전의 참상이 채 가시기도 전에 사회 혼란과 남북분단, 그리고 동족상잔의 비극이었던 한국전쟁은 한 개인이 감당하기에는 너무나도 처절한 삶의 무게였다. 그러기에 이를 온몸으로 견뎌 내는 《몽실언니》를 읽으면 생각만으로도 눈물이 난다.

권정생동화나라의 앞마당에 펼쳐져 있는 책 앞에 서서 보면, 어린 동생 난남이를 업고 있는 몽실이의 모습은 많은 생각들을 하게 한다.

전체 23꼭지로 이루어진 《몽실언니》는 1981년부터 교회지에 연재된 것으로 여기에도 많은 우여곡절이 담겨 있다(개정판 머리말 참조). 자신의 의지와는 상관없이 부모 잃고, 친척 잃고, 동네는 쑥대밭이 되고, 질긴 목숨 부지하고자 발버둥치는 몽실이. 그러면서도 어머니 다르고 아버지 다른 동생들인 난남이, 용득이, 용순이를 챙기는 모습은 숙연하기까지 하다.

권정생 작가의 유품과 유언, 그리고 몇 편의 작품을 소개하는 전시실은 조그마하다. 특히 선생이 빌뱅이 언덕 작은 집에서 글을 쓰며 썼던 책상은 더욱 작고 소박하다. 조탑동에서 보았던 작은 집, 작은 방에 어울리게 정말 작은 나무 책상이다. 그 위를 볼펜이며, 공책이 꽉 채워 우주를 담고 있다. 그 앞에서 한참을 눈을 감고 작가의 모습을 상상해 본다.

《몽실언니》 표지

　학생들에게 전시실 내부를 찬찬히 둘러보라고 당부하고 또 당부를 해도 후다닥 보고는 친구들끼리 장난이다. 그래도 몇몇은 진지하게 작가를 이해하려고 고민하는 얼굴이다. 아마도 미리 작가의 작품을 읽은 학생들이리라.

　한편, 작품에 나오는 것처럼 옛날의 아버지들은 어쩜 그리 폭군들이었는지 조금만 심사가 뒤틀려도 집어던지고, 엎어 버리고, 주먹을 휘두르기 일쑤였다. 몽실이도 어이없이 불구가 되어 평생을 다리를 절며 살아간다. 요즘 아이들이 보면 '빨리 병원 가면 될 텐데'라고 할지 모르겠지만, 우리의 과거는 찢어지게 가난했고, 늘 배고픔과 죽음이 가까이 도사리던 시기였다. 이제 겨우 60~70년 전의 일인데도 자꾸만 기억 속에서 흐려지는 것은 물질적 풍요와 편안함 때

동화나라 마당에서 만난 몽실 언니

문일까?

　마지막은 30년의 세월을 뛰어넘어 몽실이가 산동네에서 구두 수
선쟁이 꼽추 남편과 자식들과 함께 도란도란 삶을 이어간다. 그러면
서 그 옛날 친아버지 정 씨의 배다른 동생 난남이와 의붓아버지였던
김 씨의 자녀 영득이, 영순이와도 함께 인연의 끈을 부여잡고 간다.
눈물나게 슬프면서도 사람살이의 희망이 숨어 있는 끝맺음이다. 책
에는 나와 있지 않지만, 몽실이는 근대의 격동기였던 1960~1970년
대를 또 어떻게 견뎌 냈을까? 끊임없는 가난과 절규 속에서도 꿋꿋
이 삶을 이어가는 몽실이에게서 마음 내려놓음을 배운다.

문학이 사회를 맑게 하는 이유는 정화 기능과 더불어 어떻게 살아야 하는가에 대한 창조 기능 때문이다. 모서리가 전체를 대신한다고 했다. 얼마나 많은 몽실이들이 우리나라의 근대, 현대사 속에서 눈물을 흘리며 그 고통을 감내해야 했던 것일까?

어쩌면 이 작품은 일제의 패망 전에 일본에서 태어나 고국으로 돌아왔으나 어디 발붙일 변변함조차 없이 멸시와 고통 속에 어린 시절을 살았을 선생의 눈물겨운 고백일 것이다. 그러기에 어른들의 전쟁으로 더 이상 고통 받는 어린이들이 없었으면 좋겠다는 권정생 선생의 소망은 어쩌면 소박하면서도 가장 위대한 꿈인지도 모른다.

과거 어느 때보다도 문명의 발달이 급속도로 진행되고 있는 지금, 우리가 나아가야 할 길은 무엇이며 또 우리 아이들에게 무엇을 물려주어야 할 것인지 생각해 본다. 그러기에 가만히 눈을 감으면, 모든 생명 있는 것들에 대한 소중함, 전쟁과 아픔이 없는 세상에서 어린이의 꿈과 희망이 오롯이 자랄 수 있도록 하는 아픔이 어른의 책임감을 준엄하게 묻고 있다.

이 세상의 모든 폭력이 사라지지 않는 한 우리는 누구나 불행한 인생을 살아야 할 것입니다.

— 작가의 말 중에서

2007년 선생이 세상을 떠난 뒤 그의 유품을 정리하던 이들은 깜

평화 통일을 기원하는 조형물

짝 놀랐다고 한다. 작가가 남긴 통장에 엄청난 거액이 있었기 때문이다. 전시장에 있는 쓰고 버린 비료 포대를 접어 나뭇가지를 끼워 만든 부채, 마요네즈 병에 심지를 넣어 만든 램프 등에서 보듯이 평생을 덜 먹고, 덜 입고, 덜 쓰며 생활한 탓에 동네 사람들은 선생을 그저 가난한 글쟁이로만 생각했다고 한다. 자신을 위해서는 아끼고 또 아끼던 작가였지만, 자신의 유산과 앞으로 나올 인세들을 모두 북한, 아프리카, 중동의 아이들을 위해 쓸 것을 당부했다. "내가 쓴 모든 책은 주로 어린이들이 사서 읽는 것이니 여기서 나오는 인세는 아이들에게 되돌려주는 것이 마땅하다"고 하면서 끝까지 어린이들을 위해 애쓴 모습은 너무나 감동적이다. 우리 아이들이 그런 작가의 마음 때문에 더욱 맑은 마음으로 살아가는 것인지도 모른다.

경상북도
영주 봉화 울진
문경 예천 영양
안동
상주 의성 청송 영덕
구미 군위 포항
김천 칠곡 영천
성주 대구 경산 경주
고령 청도

손바닥 여행 정보

작가 권정생에 대하여

1937년 일본 시부야의 혼마치에서 태어났다. 1946년 귀국하였으나 생활고, 한국 전쟁으로 인해 가족이 몇 년 동안 흩어져 지냈다. 1951년부터 몇 년간 부산에서 재봉기 상회, 서점 등의 점원 생활을 했고, 1955년 결핵을 앓기 시작, 평생 병고를 겪게 된다. 1967년 안동군 일직면 조탑리에 정착해 교회의 문간방에서 지내며 종지기 일을 하였으며, 1969년 동화 〈강아지똥〉이 월간 〈기독교 교육〉의 제1회 아동문학상 공모에 당선되었다. 이후 많은 작품들을 통해 세계 평화와 어린이의 행복을 기원하다가 2007년 대구 가톨릭대학병원에서 영면하였다. 주요 작품으로 〈강아지똥〉, 〈꽃님과 아기양들〉, 〈몽실언니〉, 〈도토리예배당 종지기 아저씨〉, 〈빼떼기〉, 〈점득이네〉 등이 있고, 시집 《어머니 사시는 그 나라에는》(1988), 소설집 《한티재 하늘 1-2》(1998) 등이 있다.

동화나라에 있는
권정생 생각 나무

동화나라 찾아가는 길

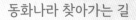

송주

조탑마을
(권정생 살던 집)

중앙고속도로

남안동 IC

남안동 IC → 권정생 동화나라
(5km 정도)

대구

주변에 가 볼 만한 곳

고운사

권정생동화나라에서 나와 우측으로 돌아
500m 정도 가서 다시 우측으로 마을길을 따
라 약 8km 정도만 들어가면 어디 아무도 모를
곳에 곱게 숨겼다가 꺼내 놓은 보물인 양 편안한 절
인 고운사가 모습을 드러낸다. 다가가는 길의 소나무도 일

고운사 대웅보전

품이고, 명당에 들어앉은 절집과 등운산이 하나 되어 사시사철 아름다움을 만들어 내는 곳, 고운사는
신라 때 창건되어 근래까지 재건, 중수를 거치면서 명맥을 이어오는 고찰이다. 대한불교조계종 제16
교구 본사로, 681년 의상이 창건할 당시에는 고운사(高雲寺)라 했는데 이후 최치원이 여지·여사 두
승려와 함께 가운루와 우화루를 짓고 이를 기념하기 위해 그의 호를 따라 '孤雲寺'로 이름을 바꾸었다
고 한다. 현존하는 당우로는 25개 정도가 있으며, 일주문을 통과하여 맨 먼저 나타나는 건물이 바로
최치원이 세운 누각인 가운루이다. 옛날에는 이 누각 아래로 계곡물이 많이 흘러서 계곡에 잠기는 부
분에는 돌기둥을 놓고 그 위로는 나무 기둥을 이어서 누각을 받쳤다. 이제는 예전처럼 물이 많이 흐르
지는 않지만 건물 자체의 정교한 아름다움은 그대로 간직하고 있다. 공양간 입구 벽엔 커다란 호랑이
가 그려져 있는데, 방향에 따라 보는 이의 눈을 따라간다는 걸작이다. 그리고 만세문과 연수전의 그림
들, 글씨들은 자세히 보아야 보인다. 또한, 고운사에 자리 잡고 있는 명부전에는 염라10왕이 모셔져
있는데, 영험 있는 기도처로 알려져 있어서 사람들이 많이 드나든다.

이육사
문학관

아, 가슴 가득 독립이여!
내 조국이여!

한여름은 싱그럽다. 아이들의 웃음으로 인해 더욱 싱그럽게 느껴진다. 오늘도 40여 명의 아이들과 함께 문학기행을 떠난다. 남안동 IC에서 차를 내려 안동 시내를 가로질러 안동역 조금 너머 동쪽 끝 배미에 이르면 높다란 철길과 좁은 도로와 너울진 물길이 서로 경주를 하듯 나란히 펼쳐진다.

길 초입의 좁은 길목에 구태여 큰 버스를 세우고 '임청각'을 둘러 보게 한다. '임청각'은 안동 댐으로 들어서는 입구에 있는, 임시정부 초대 국무령 석주 이상룡의 생가이다. 오롯이 조국 독립을 위해 아

이육사문학관 앞 시비

혼아홉 칸의 집도 버리고 가족 친지들과 함께 구국의 길을 나섰던 그 모습에 고개 숙이고 또 고개 숙여 감사를 드리지만, 한편으론 광복 후 수많은 시간들이 지난 지금에도 선생의 집 앞으로 떡하니 높고 길게 일제의 억압의 칼처럼 가로놓인 중앙선 철길을 옮기지 못하고 낮이나 밤이나 철커덕철커덕 철마 소리를 울게 하고 있으니 후손된 자로서 부끄러움에 얼굴을 들 수가 없다.

숙연한 마음으로 '임청각'을 나와 이제는 제대로 굽이진 길을 따라 '이육사문학관'으로 향한다. 시내에서 20여 분 거리에 도산서원, 퇴계 선생 묘소, 퇴계종택 등을 끼고 돌면 얕은 언덕 길머리에 문학관이 있다.

40여 명의 아이들과 함께한 문학기행

　　말하자면 문학관은 육사 묘소의 초입에 해당된다. 그러니 문학관을 둘러보고 시간 여유가 있다면 묘소를 참배하는 것도 좋겠다. 묘소부터 먼저 소개하자면, 문학관을 끼고 좌측으로 한참을 산길을 따라 올라가면(2.8km 정도의 청포도 오솔길로, 40여 분 소요), 육사의 유해가 있는 봉분을 만나게 된다. 육사의 유해는 부인 안일양과 나란히 원촌마을 뒷산에 있는데, 두 봉분을 사이에 두고 하나의 묘비에 나란히 비명이 새겨져 있다. 육사의 유해가 이곳에 자리하기까지 우여곡절이 있다. 베이징 감옥에서 순국한 뒤, 육사와 같은 마을 출신의 독립운동가인 친척 이병희가 베이징 일본 총영사관 감옥으로 가서 관을 인수하고, 급히 빌린 돈으로 화장을 치러 그 유골이 든 상자를 이

전시관 입구에 놓인 이육사의 흉상

귀례라는 친구 집에 두었다. 그리고 순국 뒤 9일이 지나서인 1944년 1월 25일에 육사의 6형제 중 다섯째인 원창에게 넘겨졌다. 그 후 유해는 국내로 옮겨져 미아리에 안장되었다가, 1960년 고향 마을 뒷산인 지금의 자리로 이장하여 오늘에 이르고 있다.

이육사문학관도 육사의 묘소가 있는 입구를 터로 했기 때문에 약간 언덕진 곳에 위치해 있다. 그래서 매표를 하고 입구에 들어서면 이곳이 바로 2층이 된다. 입구의 좌측으로는 안내 도록들이 여러 나라의 언어들로 만들어져 가지런히 꽂혀 있고, 정면으로는 육사 선생의 흉상이 놓여 단아하게 탐방객들을 맞이한다.

별로 크지 않은 자그마한 흉상이다. 흉상 주변으로는 4개의 숫자가 자리하고 있어 탐방객들의 호기심을 자극한다. 아이들도 신기한 듯 그 숫자와 설명을 읽어 보고는 고개를 끄덕끄덕거린다. 숫자의 의미를 되새겨 본다. '17'은 17번의 감옥 생활을, '27'은 1927년 첫 옥살이를, '30'은 1930년 첫 시 〈말〉 발표를, '44'는 1994년에 베이징 감옥에서 순국하신 것을 나타낸다. 특히나 '육사'라는 호는 처음 수인 생활을 할 때 번호인 '264'를 따 왔다고 하니, 숫자들이 더욱 새로운 의미로 다가옴을 느꼈다.

문학관을 들어서서 처음 받은 인상은 문이며 길들이 사방팔방으로 나 있어 약간의 혼란스럽게 느껴졌다. 그러나 혼란스러움은 잠깐이고 발밑에 그려 놓은 화살표를 따라가면 어렵지 않다.

사실 우리에게 민족 저항 시인 하면 이육사, 윤동주를 떠올린다. 또한 이육사는 독립운동가로 기억되지만, 이곳에 오면 그 구국 활동보다도 30여 편의 시를 남긴 시인으로서의 육사에 더 가까이 다가가게 된다. 물론 조선혁명군사정치간부학교를 우수한 성적으로 졸업하였고, 의열단 활동을 하였고, 17차례의 옥살이를 하는 등 독립운동가로서의 면모 또한 엄청나다. 이렇듯 독립운동에 매진했던 육사의 모습을 기억해야 하지만 아쉽게도 육사는 철저한 비밀 결사 단체인 의열단의 일원으로 활동했기에 구체적으로 어떤 일을 했는지는 자세히 알려져 있지 않다. 그러기에 그 정신이 온전히 녹아 있는 시인으로서의 모습을 통해 더욱 육사의 본질에 다가갈 뿐이다.

한편, 재미있는 것은 육사의 고향 마을인 원촌마을의 지명 유래

가고 싶은 길

이다. 대략적으로 '말맨데'가 구전되면서 '먼먼데'가 되고, 이것이 다시 한자어로 기록되면서 '원촌'이 되었다고 한다. 이를 보면서 일제 시대의 영향인지, 한자 문화에 대한 숭상 때문인지 몰라도 지명에서조차도 참 많은 것을 잃어버렸다는 아쉬움이 들었다. 예컨대, 내가 사는 동네에서만도 '선돌'이라는 마을은 '입석'으로 바뀐 지 오래이다. 더욱 웃긴 것은 빗내농악으로 유명한 마을은 볕 잘 들고 물 좋은 동네인 '빛내'도 아니고 '광천光川'도 아니고 '廣川'이 되어 버젓이 돌에 제 이름을 내걸고 있다. 이를 어찌 이해해야 할지.

다시 문학관을 둘러본다.

육사의 정신적 지주였던 약산 김원봉을 비롯한 독립운동가들의 이름이 눈에 익다. 안내 자료에 따르면 육사의 정신 세계를 만들어 낸 뿌리 퇴계 이황, 농암 이현보, 월천 조목 등이 있으며, 빛이 된 독립운동가로 석주 이상룡, 향산 이만도, 봉경 이원영 등을 소개하고 있다. 참으로 고개 숙여 존경할 만한 분들이다. 아마도 안동의 선비 정신과 구국의 독립 정신이 씨줄 날줄로 하나가 되어 지행합일知行合一을 실천했으리라 쉽게 상상해 본다. 그리고 이러한 독립운동가로서의 면모가 그대로 드러난 것이 육사의 시가 아닐까 한다. 즉, 시인으로서의 육사의 모습도 오롯이 혼연일체로 조국의 독립을 바라는 그 순수로 점철되어 온 것이다. 그러기에 육사의 시를 떠올리면 중·고등학교 교과서에서 보았을 〈청포도〉, 〈광야〉가 가장 먼저 떠오른다. 어느 시인들 그렇지 않으랴마는 〈청포도〉에도 조국

광복에 대한 간절한 염원이 포도송이처럼 알알이 맺혀 있는 것을
볼 수 있다.

청포도

내 고장 칠월은
청포도가 익어 가는 시절

이 마을 전설이 주저리 주저리 열리고
먼 데 하늘이 꿈꾸며 알알이 들어와 박혀

하늘 밑 푸른 바다가 가슴을 열고
흰 돛 단 배가 곱게 밀려서 오면

내가 바라는 손님은 고달픈 몸으로
청포를 입고 찾아 온다고 했으니

내 그를 맞아 이 포도를 따 먹으면
두 손은 함뿍 적셔도 좋으련

아이야 우리 식탁엔 은쟁반에

하이얀 모시 수건을 마련해 두렴

시 〈청포도〉는 포항 송도원에서 잠시 요양을 할 때 지은 것이라고 한다. 이를 통해 한시도 조국 독립의 끈을 놓지 않았던 육사의 정신을 가늠해 볼 수 있다.

문학관 2층에는 육사의 가계도가 간략히 소개되어 있다. 독립운동으로 인하여 한때 4형제가 나란히 일제의 고초를 겪기도 했다고 한다. 당호를 '육우당'이라 할 만큼 의좋은 형제이면서도, 또한 조국을 위해서는 앞서거니 뒤서거니 몸을 아끼지 않는 그 정신은 어떻게 그 가치를 가늠해 볼 수 있을까.

문학관 2층에는 잠시 마음의 여유를 찾으면서 책도 보고 사색도 할 수 있는 아담한 카페가 있다. 이 카페의 삼각형 난간에서 조금 눈을 들어 개울 아래쪽을 바라보면 육사의 고향인 원촌마을이 눈앞에 다가온다. 몇 가구 되지 않는, 그러나 다정함이 옹글어 있는 마을이다. 시원한 느낌을 주는 마을 전경 덕에 눈이 즐겁다.

문학관 1층으로 향한다.

역시나 독립운동으로 점철된 육사의 모습을 만날 수 있다. 시 〈절정〉이 있고, 〈광야〉가 있다. 시를 읽으며 새삼 육사 선생의 강철 같은 의지를 되새겨 본다. 여러 번의 옥살이에도 결코 굴하지 않는

카페 안에 갖춰 놓은 책들

카페에서 본 원촌마을 풍경

가고 싶은 길

육사의 정신이 곳곳에 배어 있다. 어려운 현실 속에서도 절망하지 않고 일어서는 선비의 혼이 살아 있다.

절정

매운 季節의 채찍에 갈겨
마침내 北方으로 휩쓸려오다

하늘도 그만 지쳐 끝난 高原
서리빨 칼날진 그 위에 서다

어데다 무릎을 꿇어야 하나?
한발 재겨디딜 곳조차 없다

이러매 눈감아 생각해 볼밖에
겨울은 강철로 된 무지갠가 보다

광야

까마득한 날에
하늘이 처음 열리고
어데 닭 우는 소리 들렸으랴

모든 산맥들이
바다를 연모해 휘달릴 때도
차마 이곳을 범犯하던 못하였으리라

끊임없는 광음光陰을
부지런한 계절이 피어선 지고
큰 강물이 비로소 길을 열었다

지금 눈 나리고
매화 향기 홀로 아득하니
내 여기 가난한 노래의 씨를 뿌려라.
다시 천고千古의 뒤에
백마 타고 오는 초인超人이 있어
이 광야에서 목놓아 부르게 하리라

가고 싶은 길

아이들은 육사의 시나 사진이 들어가 있는 포토 엽서 만들기에 여념이 없다. 아마도 학생들의 이 체험은 먼 훗날 자신을 돌아보는 작은 기념물이 되지 않을까 생각해 본다.

문학관을 나오면 맞은편 언덕 위에 맨상투처럼 소박하게 들어앉은 기와집이 보인다. 바로 '육우당'이다. 이곳에는 육사의 둘째 따님이신 이옥비 여사께서 주로 거주한다고 한다. 문학관이 생기기 전, 그리고 문학관 맞은편의 작은 기와집이 생기기 전에는 문학관 저 밑의 원촌마을에서 지냈다고 한다. 나도 몇 번이나 이옥비 여사를 뵈려고 마을을 찾았으나 그 때마다 뵙지 못하고 발걸음을 돌려야만 했던 기억이 있다.

문학관 관람을 마치고 나오는데 기와집 대문간에서 자그마한 체구의 할머니 한 분이 문을 열고 나왔다. 그분이 이옥비 여사였다. 아이들 소리를 듣고 반가움에 문을 나왔다고 한다. 그 마음이 더욱 고마웠다.

우르르 문학관을 나서는 아이들을 큰 소리로 불러 세우고 여사에게 인사를 드렸다. 귀한 만남이기에 학생들에게 꿈을 길러 주는 말씀을 해 달라고 청해 본다. 여사께서는 맑은 웃음으로 화답해 주었다.

"학생 여러분, 이렇게 만나니 반가워요. 열심히 공부해서 꼭 나라에 필요한 사람이 되었으면 좋겠어요. 찾아줘서 고마워요."

맑은 얼굴에 담긴 미소가 곱다.

"여사님께서 어릴 때 기억이실 텐데, 혹시 육사 선생님에 대해서

육사 선생의 따님 이옥비 여사

이옥비 여사와 함께

어떤 기억이 있으신지요?"

내가 묻자 여사께서는 잠깐 생각하시다가,

"글쎄요. 아주 어릴 적 기억이긴 한데, 아버지께서는 몇 달에 한 번씩 집에 오셨던 것 같아요. 항상 깔끔한 모습이셨고……. 오시면 꼬옥 안아 주셨던 기억이 나요."

웃으면서 말씀하셨지만, 그 기억 속에 작은 기억이라도 부여잡고 싶은 그 마음이야 오죽할 것인가. 절로 고개가 숙여졌다.

아이들과 기념 촬영을 하고, 꼭 다시 보기를 청하고 버스에 올랐다. 여사께서는 마지막까지 열심히 공부해서 나라의 큰 인물이 되라는 당부를 잊지 않았다.

문학관을 나와 퇴계종택, 도산서원으로 향하면서 문득 이런 생각이 들었다. 나는 과연 나라를 위해 가족을 두고, 고향을 멀리 떠나 이국에서 그 고행의 길을 걸어갈 수 있을까? 쉽지 않은 길이라는 생각이 들었다.

손바닥 여행 정보

작가 이육사에 대하여

1904년 5월 18일 경북 안동시 도산면 원촌리에서 퇴계 이황의 14대 손으로 태어났다. 본명은 원록, 어릴 때 이름은 원삼이고, 중산대학 재학 때에는 이활로 기록되어 있다. 여섯 형제 중 둘째로 태어났으며, 집을 '육우당'이라 할 만큼 형제간에 우애가 깊었다. 1924년 4월부터 약 9개월가량 일본에 유학하였다. 1926년에는 약 1년 동안 중국 광저우의 중산대학에 다녔다. 1927년 장진홍 의거에 엮이어 첫 옥살이를 하면서 얻은 '264'라는 수인 번호를 그대로 이름으로 썼다. 1932년 의열단이 세운 조선혁명군사정치간부학교의 1기생으로 입학하여 우수한 성적으로 졸업하였다. 이후의 기록은 상세하지 않은데, 이유는 의열단이 철저한 비밀 결사단체였기 때문이라 한다. 중국을 자주 왕래하면서 독립운동을 하다가 1943년 잠시 서울에 왔을 때 일제에 피검되어 1944년 1월 베이징 감옥에서 순국하였다. 1930년 조선일보에 시 <말>을 발표하면서 작가로서의 발걸음을 시작하였으며, 그 후 30여 편의 시를 남겼고, 이 외에도 소설·수필·평론 등을 발표하였다. 사후 1946년 동생 이원조가 《육사시집》 초판본을 간행하였으며, 대표작으로 <황혼>, <청포도>, <절정>, <광야> 등이 있다.

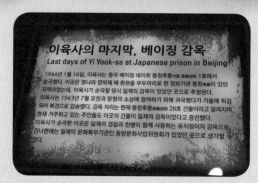

이육사의 마지막에 관한 안내판

이육사문학관 찾아가는 길

주변에 가 볼 만한 곳

'이육사문학관'과 아주 가까운 거리에 퇴계종택, 퇴계 선생 묘소, 도산서원이 있다. 퇴계종택에는 16대 종손인 이근필 씨가 살고 있는데, 사전에 연락하면 단체 방문객들에게 덕담을 들려준다. 종택의 툇마루에 둘러앉아 그의 강연을 듣는 호사를 누려 볼 만하다. 부모님 탈상 때 하도 곡을 많이 하여 귀가 멀었다고 하니 그 효성스러움과 선비 정신은 가히 짐작할 만하다.

도산서원을 방문해서는 다같이 선비가 되어 보는 것도 좋겠다. 건물들은 그리 크지 않다. 아기자기한 가운데 한 단 한 단 올라서는 선비의 정신이야말로 오늘날 더욱 깊이 새겨야 할 것이다. 역시나 사전 예약을 하면 해설사의 도움을 받아 더욱 뜻깊은 체험을 할 수 있을 것이다.

도산서원에서 다함께

조지훈
문학관

붓 끝에 한을 담아
올올이 감아올린 춤사위여!

여름의 싱그러움은 바로 눈앞에선 이글거림과 녹아내림으로 표현할 만하다. 8월 초지만 아직도 덥다. 그래도 학생들은 더위에도 아랑곳하지 않고 설렘을 가득 안은 채 삼삼오오 버스에 오른다. 오늘은 〈승무〉로 대표되는 조지훈 문학의 향기를 더듬기 위해 '조지훈문학관'을 찾아가는 길이다. 우리나라 시인 하면 으레 '청록파'가 떠오르게 마련이고, '청록파' 하면 조지훈, 박목월, 박두진으로 줄줄 되뇌어져 나온다. 그만큼 다정다감하게 익숙해져 있다.

상주 – 영덕 간 고속도로를 타고 가다가 동청송·영양IC에서 내려서 좌회전하여 조금 가다가 월전 삼거리에서 다시 우회전으로 영양 방면으로 들어서면 반변천을 따라 이어지는 아름다운 시골 풍광이 마음의 더위까지도 사그라들게 한다. 굽이굽이 냇가와 도로와 산들이 짝을 이루어 때때로 반원을 그리며 돌아나가고, 냇가에 풍성하게 자라난 풀들도 바람과 함께 짝을 이루어 누웠다가 일어났다가를 반복하며 손들을 반긴다. 그러기에 이 길을 가면서는 무조건 종착점을 향하여 빠른 걸음을 재촉하기보다는 차창 밖으로 펼쳐지는 풀들과 산들의 몸짓과 소리에 귀를 기울이며 슬며시 미소도 지어 보는 여유로움도 필요하다. 이것이 시인을 만나러 가는 마음의 준비일 것이다.

그렇게 굽이진 길을 가다가 문득 주실마을에 10km 정도 못 미쳐서 감천마을을 만나게 된다. 바로 '오일도 시공원'과 '오일도 생가'가 있는 감천리이다. 차를 길섶 주차장에 세우고 몇 걸음만 동네 안으로 들어가면 온 마을이 눈에 들어온다. 마을 왼쪽 들머리로는 고택과 연못, 그리고 멋들어진 소나무가 한 폭의 풍경화처럼 조화를 이루고 있어 탄성을 절로 자아내게 한다. 마을의 오른쪽으로는 오일도 시공원이 있다. 자그마한 시공원이지만 아기자기함에 같이 어울려 볼 만하다.

시공원을 거닐며 돌에 아로새겨진 짧은 시 한 편을 읊어 본다.

오일도 시공원에 있는 <봄비> 시비

오일도 시공원에 있는 <지하실의 달> 시비

가고 싶은 길

봄비

한강에 살포시 눈뜨는 버들
버들 타고 봄비가 나려요.
천실만실 고요히 나리는 정은
끝도 없는 청춘靑春의 눈물이라오.
보슬 보슬 온종일 울며 나려도
십릿길 모래밭을 못적시거든.
강남천리江南千里 먼 먼길 물길 터지어
님 타신 배 순순히 언제오시랴!

오일도 시인은 음으로 양으로 지훈의 문학에 많은 영향을 미쳤다. 지훈은 상경하여 동향 선배인 시인 오일도를 만나 그가 주관한 시원사에 머물렀다. 그러면서 극예술연구회, 조선어학회 등에 드나들면서 많은 선배 문인, 예술인, 학자들을 만났다. 아마도 오일도 시인은 동향 선배로서 따뜻한 애정도 담뿍 담았을 것이다.

시공원을 나와서 몇 걸음 떨어지지 않은 '오일도 생가'를 둘러본다. 집 안에 사람들이 거주하고 있고, 마침 농사철이라 농기구들이며 막 거두어들인 농작물들이 마당 곳곳을 차지하고 있어 감히 들어가 보지 못하고 대문간 근처에서 서성이며 시인의 삶을 짐작만 하고 발걸음을 돌렸다.

오일도 생가를 나와 다시 조지훈문학관으로 바쁜 걸음을 재촉한다. 여기에서 13km쯤 더 가면 조지훈문학관이 나온다. 오일도 생가와 조지훈문학관의 중간에 영양읍내가 길게 누워 있다. 읍 소재지답게 제법 규모가 크다. 길을 따라 양쪽으로 상가들이 많이 있고, 조그마한 시장도 있다. 그곳에는 요즘에는 보기 드문 다방들도 있다. 특히 허기가 느껴진다면 여기에서 든든하면서도 맛있는 한 끼를 맛볼수 있다. 개인이든, 단체든, 학생이든, 어른이든 상관없이 거뜬히 수용할 수 있는 맛집들이 여러 군데 있으니 골라먹는 재미도 있다. 나도 영양 일대를 찾을 때마다 영양읍에서 산채정식을 먹었는데 한 번도 실망한 적이 없다.

또한, 영양은 가히 인문학의 고장이다. 영양은 청록파 시인이자지조론의 학자였던 조지훈을 비롯하여 한국 인문학의 대가인 〈한국문학통사〉를 저술한 조동일, 그리고 조동걸, 조동원 교수 등 우리나라 역사에 남을 수많은 인재를 배출하였다.

드디어, 주실마을에 도착했다.

마을 입구의 주차장에 버스를 세우고(버스는 마을 끝에 있는 대형 주차가 가능한 주차장을, 승용차는 마을 초입의 문학관 앞에 있는 주차장까지 가서 주차를 하면 좋다.), 호은종택 앞을 지나 먼저 문학관으로 향한다.

문학관이 있는 주실마을은 몇 호 되지 않는 자그마한 동네이다. 빠른 걸음으로 다니면 30~40분이면 족히 다 둘러볼 수 있는 여느

주실마을 안에 있는 이정표

시골마을의 모습이다. 2차선 도로를 따라 온통 산들이 내달음질하는 태백산맥의 낮은 줄기에 있는, 그래서 더욱 시골스럽게 느껴지는 마을이다. 가만히 상상해 본다. 그 흔한 양옥집도 없고 낮은 기와집들만 옹기종기 모여 있는 전통의 주실마을은 밤에 어둠이 내리면 집집마다 작은 불들이 마치 별들을 점점이 찍어 놓은 것처럼 반짝거릴 것이다. 그런 가운데 어느 날인가부터 조지훈을 품고서 하늘을 무대 삼아 밤마다 여승의 춤사위가 사뿐거릴 것이다. 동네 앞의 시인의 숲을 호위하는 아름드리나무들은 가끔 바람에 일렁이며 그림자를 밤하늘에 아로새길 것이다.

호은종택 전경

승무僧舞

얇은 사紗 하이얀 고깔은 고이 접어서 나빌레라

파르라니 깎은 머리 박사薄紗 고깔에 감추오고
두 볼에 흐르는 빛이 정작으로 고와서 서러워라

빈 대臺에 황촉黃燭 불이 말없이 녹는 밤에
오동잎 잎새마다 달이 지는데

174

소매는 길어서 하늘은 넓고
돌아설 듯 날아가며 사뿐이 접어올린 외씨보선이여

까만 눈동자 살포시 들어
먼 하늘 한개 별빛에 모도우고

복사꽃 고운 뺨에 아롱지는 두방울이야
세사에 시달려도 번뇌煩惱는 별빛이라

휘어져 감기우고 다시 접어 뻗은 손이
깊은 마음 속 거룩한 합장合掌인양 하고

이밤사 귀또리도 자새우는 삼경三更인데
얇은 사紗 하이얀 고깔은 고이 접어서 나빌레라

문득 필자가 까까머리 학생이었던 시절에 어느 월간문학지에서
읽었던 〈승무〉의 창작 과정에 대한 조지훈의 설명이 어렴풋이 떠오
른다.

작가의 말에 따르면, 〈승무〉는 화성 용주사 승무제에서 승무를
보고는 모티브를 얻었다고 한다. 작가는 밤늦도록 용주사 뒷마당 감

지훈시공원의 〈승무〉 시비와 조형물

나무 아래에서 넋을 잃고 서 있었다고 한다. 그래서 몇 구절 쓰고 나서 다듬고 또 다듬었지만 완성되지 않아 그 후로도 몇 번을 승무를 보러 전국을 다녔다. 다음해 여름에야 비로소 승무의 구절들을 완성할 수 있었다. 그렇게 많은 시간들과 공을 들여 완성한 것이 〈승무〉이다. 그러기에 그 한 땀 한 땀 기워 낸 언어의 비단들을 누가 곱디곱다 하지 않으랴. 가만히 눈 감고 시구를 떠올리면 글자 하나하나가 모여 마침내 별들 총총한 밤하늘 같은 비단을 이루어 은은하게 비쳐지는 부드러운 언어의 속살이 느껴진다. 깜깜한 밤 가운데 자신의 영역 가운데에서는 어둠을 밝혀 내는 촛불 한 자루 같다.

가고 싶은 길

주실마을에서는 고택을 감상하는 재미도 쏠쏠하다. 그중에서도 호은종택과 옥천종택은 꼭 들러볼 만하다. 앞서 이야기한 것처럼 작은 동네이니 금방 눈에 띈다.

호은종택은 조지훈과 그의 형인 조세림이 태어난 곳이다. 마을 위쪽 대형 주차장에 차를 세우고 동네로 들어가면 주실마을 중앙쯤에 곧바로 마주하게 된다. 잔디밭 너머 대문이 우뚝 솟은 기와집이다. 집 앞 잔디밭에는 커다란 우윳빛 화강석에 '호은종택壺隱宗宅'이라고 쓰여 있다. 설명에 따르면, 조선 중기 인조 때 입향조인 조전의 둘째 아들 정형이 창건했다고 한다. 이 집은 경상 북부 지방의 전형적인 양반가의 모습을 하고 있는 'ㅁ'자형 집으로 정침正寢과 대문채로 나누어져 있고, 서쪽에는 작가의 태실이 있다. 태실은 태를 모시는 곳을 말한다. 그리고 대문채는 솟을대문이다. 한국전쟁 당시 일부가 소실되었으나 이를 1963년에 복구하였다.

이보다 조금 더 마을 안쪽으로 자리한 옥천종택은 한양 조씨 옥천 조덕린(1658~1737)의 고택으로, 역시 설명에 따르면 17세기 말경에 건립된 것으로 추정된다고 한다. 이 집의 구조는 살림채인 정침과 글을 읽는 별당인 초당과 가묘인 사당으로 구성되어 있다. 살림채는 안동 지역을 중심으로 분포되어 있는 'ㅁ'자형 뜰집의 전형적인 구성을 보이는데 다만 안방이 동쪽에 오고 사랑방이 서쪽으로 배치된 점만이 다르다. 이와 같이 집의 평면 구성에 좌우가 바뀐 형식은 18세기부터는 안방과 부엌이 서쪽으로 배치되는 평면 구성으로 통일되는 특징을 가지는데, 그런 의미에서 본다면 이 살림집은 지붕을 박공으로 처리하는 등 상당히 오래된 건축 기법을 그대로 간직하고 있다.

지금 경북교육청연구원에 있는 조미애 연구사도 옥천종택이 고향집이다. 그는 어릴 적에는 그냥 동네 친구들이랑 어울려 노는 집이었는데 어른이 되고 보니 참 좋은 고택에서 자랐구나 하는 생각이 든다고 한다. 그러기에 조 연구사도 인문학에 상당히 조예가 깊고, 성품 또한 소탈하여 맺힘이 없다. 역시 고향은 그냥 고향이 아니구나 하는 생각이 든다.

후진 양성을 위해 건립한 월록서당月麓書堂도 들러보라. 옛 선비들의 글 읽는 소리가 귓가에 들릴 것이다. 이 서당의 현판은 숙종조 영의정인 번암 채제공 선생의 친필이라고 한다. 서당 현판을 한참 보고 있노라면 청명한 눈매에 검은 수염을 가지런히 기른 채제공의 초상화가 눈앞에 겹쳐 오른다.

고택들을 보면서 문득 한양 조씨의 옛 조상들이 터를 잡은 곳이 왜 다른 지역도 아니고 경북의 오지라고 할 수 있는 이 곳이었을까 하는 생각이 든다. 이는 조선 중기에서 후기로 들어서면서 더욱 혼란해진 세상을 반영한 선택은 아니었을까. 다른 말로 한다면 아마도 세류를 덜 타기 위해서가 아닐까. 지금도 그렇지만 옛날에는 더욱 밤이면 마을이 있는지조차 모르게 칠흑 같은 어둠이 내리는 곳, 그래서 별들이 큼직하게 느껴지는 곳이 주실마을이다. 그러면서도 봉화, 울진으로 내달으며 더욱 깊어지는 태백산맥으로 이어지는 풍광도 빼어나지만 바로 마을 앞으로 보이는 봉우리들, 크게 높지는 않지만 봉우리들이 뾰족뾰족하게 덧이어 내려서는 곳이 주실마을이다. 그래서 주실에 들어서면 마을 맞은편의 문필봉을 찾아보는 재미도 느껴 보아야 한다. 내 눈에는 하나의 봉우리가 아닌 여러 개의 봉우리들이 다 문필봉으로 보일 만큼 산수에는 문외한이다. 설명에 따르면, 호은종택의 대문을 등지고 정면을 바라보면 보이는 정삼각형의 봉우리가 문필봉이라고 한다. 풍수가에서는 문필봉이 정면에 있으면 학자가 많이 나온다고 하는데, 주실마을의 집들도 대부분 이 문필봉을 마주하고 있다. 그러기에 기라성 같은 인문학의 대가들이 줄줄이 그 명망을 떨치고 있고, 앞으로도 더욱 많은 인재들이 나올 거라 기대되는 것인지도 모르겠다. 한마디로, 주실마을은 조선의 선비 정신이 문학으로 승화된 곳이라고 하겠다.

다시 마을을 둘러본다.

호은종택에서 조지훈문학관으로 가는 길에, 지훈시공원이 골짜기를 향해 길다랗게 누워 있다. 공원을 오르는 길에는 지훈의 시 가운데 골라 뽑은 20여 편이 돌에 새겨져 있으며, 조금만 올라가면 쉴 수 있는 쉼터와 더불어 자그마한 공연장이 있고, 정자가 있다. 대체로 작품들이 길어서 시비의 글씨들이 잘다. 그러기에 찬찬히 오르는 인내가 필요하다. 그렇지만 시인의 마음속으로 들어가서 한 작품씩

지훈시공원 입구

음미하며 나무계단을 따라가다 보면 어느새 아늑한 산세가 편안한
기운을 북돋아 준다.

　지훈은 1939년 《문장》지에 〈고풍의상〉이 추천되면서 작품 활동
을 시작하였다. 청초하고 단아한 한국 전통 여인의 모습이 느껴진
다. 중간중간에 잠시 멈춰 서서 시를 감상해 보는 것도 좋을 것이다.

　지훈시공원의 중턱에 다다르면 왼쪽으로 주실마을과 문필봉을
바라보고 있는 지훈의 동상과 마주하게 된다. 우뚝하니 풍채가 좋은
상이다. 슬며시 웃음을 지어 본다. 한복 두루마기에 가죽구두를 신
고 있다. 당시의 신지식인의 모습이리라.

　지훈시공원을 거슬러 내려와 본격적으로 '조지훈문학관'으로 들

어선다.

　문학관 앞에는 시판詩板 뒤에서 얼굴을 내밀고 사진을 찍을 수 있도록 시 〈승무〉를 배경으로 작은 얼굴 크기의 구멍을 뚫어 놓았다. 아이들에게는 좋은 기념이 되는 것 같다. 아이들이 사진을 찍을 수 있도록 잠시 기다려 준 뒤에, 문학관을 배경으로 하여 기념 촬영을 하고, 곧바로 문학관 안으로 들어섰다. 문학관 안은 시인에 대한 안내와 해방 무렵을 전후하여 사회적 격변기였던 시대에 초지일관 군은 자세로 자신의 길을 나아간 시인의 자취를 비교적 자세하게 소개하고 있어 꼼꼼하게 읽어 보기를 권한다.

　문학관에 있는 부인 김난희 여사의 붓글씨 작품도 일품이다. 한글 세로쓰기로 곱게 다듬어 낸 작품이다. 그리고 많은 문인들의 향기로운 글씨도 한자리에서 볼 수 있는 쏠쏠한 재미가 있다.

　그런데 문학관 관람을 하면서 새삼 느끼는 것은 조급함이다. 박물관이나 미술관도 그렇지만 문학관은 많은 시간을 들여서 보아야 하는데, 보통은 주마간산 격으로 보는 데 그치고 만다. 글로 쓰는 원고의 특성인 만큼 잔잔한 글씨들로 채워진 메모장이며 원고지들은 한자리에 서서 오래 보아야 읽어 낼 수 있다. 그런데 이런 인내심은 어지간해서는 가지기 어렵다. 특히나 아이들 때는 더 그렇다.

　아이들은 아직은 잘 모르겠다는 듯이 전시물들을 빠른 속도로 획획 지나쳐 버린다. 차분하게, 꼼꼼하게 읽어 보라고 말하지만, 어디 그 말이 먹힐 나이인가. 연신 이리저리 오가면서 기웃거린다. 그

조지훈 시인 동상

가고 싶은 길

래도 시어 한 톨쯤은 기억에 남으리라 내심 기대를 해 본다. 몇몇 인솔 선생님들과 문학관 안을 천천히 둘러보는데 6학년 여학생이 옆에 와서는 조금은 지친 표정으로 투정을 한다.

"선생님, 저 두 바퀴나 돌았어요."

"그래, 힘들지? 한 군데 앉아서 찬찬히 보렴."

그러자 또 한 남학생이 다가오며,

"선생님, 저는 형 책에서 〈승무〉 시 봤어요. 그 시인 맞지요?"

하고는 어깨를 으쓱한다. 그걸 기억해 내다니 참으로 기특하다. 이런 맛에 아이들을 데리고 문학기행을 한다.

문학관을 나와서 앞에 있는 넓은 주차장을 보면 역시나 조지훈의 〈승무〉가 주차장 조형물로 조성되어 있다. 여기에서 약간만 마을 입구 쪽으로 가면 작은 실개울 다리를 건너 널찍하게 펼쳐진 숲이 있다. 바로 '시인의 숲'이다. 이는 주실마을 입구에 있는 보호 숲으로, 외부로부터 마을로 들어오는 나쁜 기운을 막는 역할을 한다고 한다. 이곳에도 조지훈의 시 〈빛을 찾아 가는 길〉을 새긴 시비가 있고, 2차선 도로 하나를 사이에 두고 스물한 살에 요절한 그의 형 조동진의 시비가 있다. 그리고 숲 가운데로는 산책을 하며 사색할 수 있도록 걷는 길도 마련되어 있다. 여기에서 잠시 쉬는 여유를 가져 보자.

시인의 숲에서 쉬면서 잠시 상상의 나래 속으로 들어가 본다. 지훈의 고향이 영양이고, 목월의 고향이 경주(건천)이다. 실제로 지훈

문학관 앞에 다 같이 모인 아이들

과 목월 두 사람은 1940년 여름에 경주역에서 만났다고 한다. 그 후에 '청록파' 시인 세 사람이 다시 경주에서 만났을 가능성이 있을까 하는 엉뚱한 상상을 해 본다. 만약에 셋이서 막걸리 잔을 기울이면서 시를 논하고 경주의 밤을 함께 보냈다면 그로 하여 청록파의 시심은 더욱 맑고 밝아지지 않았을까 하는 상상이다. 상상에 잠기면서 더욱 부러운 것은 '청록파'라는 결합체이다. 한 명 한 명 주옥같은 존재이지만 더불어 하나 됨으로써 더욱 보옥이 되었다. 우리 문학사에 초롱초롱 빛나는 '청록집'이라는 보옥을 만들어 냈다. 그러고 보니 세 시인, 이 천하의 보물들을 엮어서 하나로 만든 시인 정지용의 혜안과 지원에도 엄청 부러움을 느끼게 된다. 무릇 바른 이치는 1+1=2가 아니라 무한대가 될 수 있기 때문이다. 마치 스티브 잡스

가고 싶은 길

시인의 숲 입구에 있는 시비

가 스티브 워즈니악과 만남으로써 창의성의 대명사가 되었듯이, 청
록파도 세 사람이 모여서 시를 논하며 '청록파'로 모이면서 더욱 빛
나는 시인들이 되었다고 해도 무방할 것이다.

시인의 숲 사이사이로 비쳐드는 햇살에 눈부셔 할 즈음, 아이들
의 짝 맞추어 도란거리는 소리가 예쁘게 다가온다. 앉았던 자리에서
엉덩이를 툭툭 털며 일어나 아이들을 찬찬히 훑어 본다. 나는 이 보
석들을 어떻게 엮어 주어야 할까.

지훈이 목월에게 주었던 시가 〈완화삼〉이다. 그리고 이에 화답하
여 보내 온 시가 목월의 〈나그네〉이다.

나그네

강나루 건너서
밀밭 길을

구름에 달 가듯이
가는 나그네

길은 외줄기
南道 삼백리

술 익는 마을마다
타는 저녁놀

구름에 달 가듯이
가는 나그네

뒤에 목월은 지훈의 죽음을 안타까워하며 또 작품을 남겼다. 시
〈2·3일〉이 바로 그것이다. 몇 구절만 떠올려 본다.

芝薰은

가고, 이 2·3일

어제는 날이 흐리더니

오늘은 비가 온다.

이미

그가 젖을 수 없는 비.

(후략)

　　여기에서도 '지음知音'의 고사가 떠오르며 또한 자꾸만 부러움에
빠져든다. 시간의 모래밭에서 세월은 흘러 돌아오지 않고, 이 세월
의 강물을 따라 지훈도 가고, 목월도 가고, 두진도 가고 없다. 그렇게
옛사람은 갔어도 나는 그 옛사람 위에 서 있다. 그리고 오늘도 그들
을 닮으려 무딘 촉각으로 또 그 길 위를 더듬어 본다.

작가 조지훈에 대하여

조지훈은 1920년 12월 3일 영양군 일월면 주실에서 태어났다. 《문장》지를 통해 등단하였는데 1939년에는 <고풍의상>, <승무>가, 1940년에는 <봉황수>가 추천되었다. 1941년 혜화전문을 졸업하고 오대산 월정사 불교강원 외전 강사가 되었으며, 이후 전국문필가협회 중앙위원, 고대 문과대 교수, 한국시인협회 회장 등을 지냈다. 1968년 5월 17일 병으로 세상을 떠났다. 1973년에는 일지사에서 《조지훈 전집》(전 7권)을 간행하였으며, 1982년 고향 주실에 지훈 조동탁 시비가 건립되었고, 선생을 기리기 위해 2007년 지훈문학관을 개관하였다. 시집으로는 《풀잎단장》, 《조지훈 시선》, 《역사 앞에서》 등이 있으며, 평론집으로 《시와 인생》, 《시의 원리》 등이, 수상록으로 《지조론》, 《창에 기대어》 등이 있다.

두들 마을의 기와집들

조지훈 문학관 찾아가는 길

지훈시공원

옥천종택

호은종택

주실마을

지훈문학관

시인의 숲

대벼·봉화 방면

문필봉

감천마을

영양읍내

오일도 시인 생가

오일도 시공원

반변천

황장재

상주

영덕

주변에 가 볼 만한 곳

두들마을(광산문학연구소, 석계고택, 음식디미방, 여중군자 장계영 예절관)
경북 영양군 석보면에 있는 언덕 위의 마을, 두들마을은 우리들에게 《사람의 아들》, 《우리들의 일그러진 영웅》, 《삼국지》 등으로 잘 알려진 이문열의 고향이다. 작가 이문열은 한국 현대문학에 대한 체계적인 연구와 문학도를 양성하기 위하여 두들마을에 광산문학연구소를 건립하고 2001년 5월 12일 개소식을 가졌다. 그래서 해마다 많은 문인들, 예술인들이 이곳을 찾는다. 북카페인 두들책사랑방에서 잠깐의 여유도 가질 수 있다.
한편, 두들마을은 고택들이 많이 이어진다. 그중에서도 석계고택과 석천서당은 조선시대의 겸손함이 묻어난다. 망와도 없이 예쁘고 아담한 집이지만 곳곳에 숨은 뜻이 담겨 있다. 석계 이시명(1590~1674)의 깊은 뜻을 생각해 보는 시간이 되었으면 한다.
맛과 멋을 느끼고 싶다면 음식디미방에서의 단체 체험도 권한다. 물론 두들마을 입구의 전통주 체험도 단체로 가능하다.
음식디미방과 더불어 서예가이고 화가이며 교육자, 사상가 등 어느 한쪽인들 빠지지 않는 불세출의 여중군자 장계영 예절관도 둘러보고, 장계향문화체험교육원에서 여러 가지 체험도 해 보자.

객주
문학관

길 위에
사람 무늬를 새기다

　세상 살다 보니 '촌스러움'이 오히려 각광받는 시대가 되었다. 그
것도 우리말도 아닌, 외국어도 아닌 '힐링'이라는 정체성도 애매모
호한 단어로 널리 통용되는 시대이다. 아무튼 경북 북부의 오지들은
이러한 힐링을 대표하는 데 손색이 없다.

　언젠가부터 경북에서는 북부 내륙을 이루고 있는 산간 지역 세
곳을 일컬어 BYC라고 불렀다. 바로 봉화, 영양, 청송이 그곳이다. 이
중에서 영양과 청송은 조지훈, 이문열, 김주영으로 대표되는 현대문
학의 산실이다. 그러고 보니 《한국문학통사》를 쓰신 조동일 선생도

영양이 고향이다. 그런데 이들 지역들은 그동안 첩첩산골이라 큰마음 먹지 않으면 외지인들은 접하기 어려운 곳의 대명사였다. 그러나 2017년 6월에 상주－영덕 간 고속도로가 개통되어서 엄청 가까우면서도 자연의 아름다움을 만끽할 수 있는 보고가 되었다.

먼저 따스하게 이른 봄볕을 가득 안으며 청송에 있는 '객주문학관'을 찾아보기로 한다. 남상주 IC에서 영덕 방면으로 고속도로를 타고 1시간쯤 가다가 청송 톨게이트에서 내려 10여 분쯤 가면 '객주문학관'이 나온다. 바로 민중문학으로 대표되는 소설《객주》의 첫 무대이자《고기잡이는 갈대를 꺾지 않는다》,《홍어》,《아라리 난장》등의 작가인 김주영 작가의 숨결을 찾아가는 것이다.

문학관을 찾기에 앞서, 먼저 소설 속에 나오는 조선 후기 삶의 모습을 간접적으로나마 느끼기 위해 청송군 덕천면 파천리에 있는 '송소고택'을 방문한다. 고택은 2007년 국가민속문화재 제250호로 지정되었는데, 조선 영조 때 만석의 재산을 가졌던 심처대의 7대손 송소 심호택이 1880년경 파천면 지경리(호박골)에서 조상의 본거지인 덕천리로 이거하면서 건축한 가옥으로, '송소세장松韶世莊'이란 현판을 달고 9대간 만석의 부를 지녔던 주택이다. 가만히 이를 둘러보면서 당시 양반들의 삶을 상상해 본다.

송소고택은 청송IC에서 나와 바로 우회전하여 2km 남짓 가면 오른쪽에 있는 작은 마을로, 송소고택 외에도 송정고택, 창실고택 등이 있다. 송소고택에서 숙박을 정했다면 먼저 반대 방향에 있는

송소고택 모습

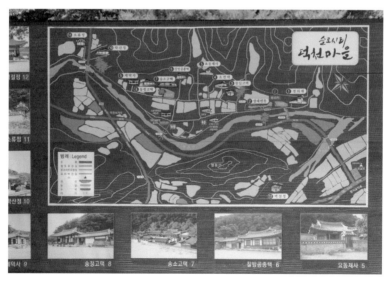

덕천마을 안내도

진보장터와 객주문학관을 보고 이곳으로 오기를 권한다. 아무튼 송소고택은 부잣집 터전답게 여러 개의 방이 있어 단체 숙박도 가능하고, 연 3~5회 고택음악회가 열리며, 명절이면 떡메 치기, 다도, 전통혼례, 청송사과따기 등의 체험도 해 볼 수 있다.

다음으로 가 볼 곳은 소설의 무대가 되는 '진보 장터'이다. 이곳은 어린 시절 김주영 작가가 시장의 모습과 사람들을 관찰하며 보낸 곳이기도 하고, 작가의 생가가 있는 곳이기도 하다. 최근에는 작가의 생가를 복원하는 작업이 활발하다. 소설《객주》의 산실이 되는 장터. 현대적으로 변하는 모습들이 아쉽기는 하지만 그래도 상상력을 동원하여《객주》의 장면들로 채워 보는 것도 재미가 있다.

드디어 진보면 소재지 장터를 옆구리에 끼고 여기에서 조금 떨어진 '객주문학관'으로 향한다. 문학관은 길 위의 작가 김주영의 문학적 업적을 기려 폐교된 진보 제일고등학교 건물을 증·개축하여 3층 건물로 2016년 8월에 새롭게 문을 열었다. 문학관의 위치가 일품이다. 평지보다 약간 언덕진 곳에 있어 우선 눈앞이 시원하다. 더불어 넓은 마당과 창밖으로 보이는 들판들이 눈을 더욱 맑게 한다. 길게 고랑을 이루고 누운 밭들이 계절마다 새로운 푸르름으로 다가올 것이다. 생각만으로도 상큼하다. 그리고 문학관 뒤편으로는 솔숲과 작은 연못이 있고, 쉬엄과 거님이 함께 하도록 나무의자와 산책길이 있어, 5~6월 연꽃 필 무렵이면 더욱 가슴의 향기가 오를 것이다. 더불어 진보면 소재지의 모습도 가까이 다가와 앉는다.

객주문학관 전경

《객주》의 풍경이 그려진 항아리

아기자기한 조형물과 꽃나무들의 반가운 미소를 보며, 몇 년 전 폐교되기 전에는 학생들의 웃음과 땀과 열정이 가득하였을 넓은 마당을 지나 문학관에 들어서면 먼저 '무제'라는 주제의 동그라미 조형물이 커다란 왕방울 눈을 하고 객들을 맞는다. 이재효 조각가가 문학관 개관을 기념하기 위해 청송 사과나무로 만들었다고 한다. 건물 안에는 소설 《객주》를 한눈에 볼 수 있는 객주전시관을 비롯해 소설도서관이 있고, 이 외에도 기획 전시실, 영상 교육실, 창작 스튜디오, 작가 집필실, 연수 시설, 카페, 창작관, 다용도관 등을 갖추고 있어 그 규모가 엄청나다. 그런데 신기한 것은 이러한 공간들이 보는 사람을 절대 질리게 만들지 않는다는 것이다. 앞서도 이야기했듯이, 낮은 언덕 위에 우뚝 올라선 문학관이 사방을 탁 트이게 안고 있어 그런 것인지도 모르겠다.

소설 《객주》는 일일이 그 삶의 현장을 찾아다니며 자료를 취재하고 이를 한 쪽땀 한 땀 정성을 들여 썼다. 그러기에 더욱 작가의 혼이 담긴 문학이다. 물론 어느 작가인들, 어느 작품인들 혼이 담기지 않았으랴마는 이 소설은 더욱 애정이 가는 것은 틀림없다. 작가 스스로도 발품 팔아 쓴 소설이라고 큰 자부심을 가진다.

발품 팔아 쓰는 소설. 장돌뱅이 이야기를 연재하기 위해 스스로 장돌뱅이가 되었다. 〈객주〉 연재를 시작하기 전 5년 동안 전국 200여 개 시골 장터를 답사하였으며, 연재 기간에는 한 달에 이

《객주》 표지

십 일 이상 장터를 찾아다니며 현장에서 글을 썼다. 옛 보부상과 상인들에 대한 이야기를 듣기 위해서라면 시장 상인들과 막걸리를 나누는 것도 마다치 않았으며, 그들과 함께 먹고 자고 이야기하며 떠돌았다. 그렇게 전국을 유랑하며 먼 소재 여관이나 여인숙에서 원고를 써서 서울신문 지국에 보내고 나면 또 다음 지역을 향해 출발하는 생활이 연재하는 5년 내내 이어졌다. 부초처럼 살았던 서민들의 세계와 애환을 그려 낸 《객주》의 한 장 한 장은 그렇게 작가의 길 위에서 완성되었던 것이다.

— 문학관 안내문 중에서

그러기에 《객주》로 대표되는 작가 김주영은 '길 위의 작가'이다. 문학관의 글귀를 조금 더 빌리자면, 《객주》는 조선팔도를 아우르는

작가가 이야깃거리를 취재하는 모습

유장한 보부상 길, 그 험난하고 고단한 행로와 함께 한 구한 말 저잣
거리의 눈물겨운 희로애락을 속속들이 재현한 걸작으로 꼽힌다. 이
는 '남쪽의 땅 끝에서 휴전선 턱 밑까지 전국을 샅샅이 밟아 뒤지고'
다녔던 작가 김주영의 치열했던 저잣거리 답사와 조선 후기 상업사
에 대한 연구와 남다른 상상력이 빚어낸 탁월한 성과물이다.

　전체 10권으로 이루어진 이 작품은 1979년 6월부터 1982년
2월까지 4년 9개월 동안 1,465회에 걸쳐 서울신문에 연재된 후에
1984년 아홉 권의 책으로 출간된 바가 있다. 하지만 이야기는 거기
서 끝난 것이 아니었다. 그래서 처음 연재로부터 30년의 세월이 흘
러 서울신문과 교보문고에서 연재되는 마지막 10권과 함께 순차적

으로 출간되어 연재 종료와 동시에 드디어 총 10권으로 완간되었다. 그리고 KBS에서 드라마로도 방영되었는데 1983년에는 《객주》로, 2015년에는 이를 리메이크하여 '장사의 신'으로 만들어져 시청자들의 많은 호응을 얻었으며, 또한 만화《객주》로도 변신하여 이두호 화백의 손에서 그 생명력을 얻었다.

소설에서는 정의감과 의협심 강한 보부상 천봉삼을 주인공으로 삼아 보부상들의 유랑을 따라간다. 경상도 일대 지역사회를 중심으로 근대 상업자본의 형성과정을 질박하게 그리고 있으며, 나중에는 당시 우리나라 3대 시장의 하나인 강경포구에서 큰 전기를 맞이하는 것으로 이야기가 치닫는다. 이야기가 극에 극을 더하며 비천한 장돌뱅이에서 보부상의 행수로, 더 나아가 조선의 객주로 성장했던 등장인물들도 시대의 흐름과 함께 바람 속으로 흩어져 간다. 그런데 〈객주〉 속의 인물들은 우리가 주변에서 익히 보아온 인물들이다.

〈객주〉 속에는 단 한 명의 영웅도 등장하지 않는다. 의협심이 강하며 장사 수완이 뛰어나지만 정의감으로 인해 번번이 고초를 겪는 천봉삼이나, 토호의 행패로 재산과 아내를 모두 빼앗기고 오랜 행고 끝에 다시 쇠전을 일으키는 조성준, 백정의 딸로 태어나 끊임없이 자신의 운명을 개척해 나가는 월이 등 잡초와 같은 생명력을 보여주는 무수한 등장인물들은 모두 이름 없는 민중들이

소설 속 보부상의 모습을 재현한 모습

며 구한 말 옛 저잣거리에서 볼 수 있었던 장삼이사(張三李四)의
필부들이다. 이처럼 〈객주〉는 지배층이 아닌, 멸시와 천대를 받았
던 상인계급을 주인공으로 삼음으로써 '세계문학사에 전례가 없
는 민중문학의 전범'을 마련하였다.

— 문학관 안내문 중에서

그러나 이야기 속에 어찌 영웅이 단 한 명도 없었던가. 필자가 보
기에는 이들 인물 하나하나가 모두 영웅들이다. 삶의 질곡을 지켜
낸 영웅들이다. 그리고 무엇보다도 남을 속이거나 상해를 입히면서
까지 자기 배를 불리지 않고 오히려 서로 돕고 힘과 돈을 나누는 그

들의 도덕 정신이야말로 오늘날에도 본받아야 하지 않을까 생각해 본다. 특히, '망언하지 말 것, 행패 부리지 말 것, 도둑질하지 말 것, 간음하지 말 것' 등의 네 가지는 부상 세계의 대표적인 규율이었다. 한편 처음 만나는 동료라도 같은 부상이면 병든 자는 치료하고 죽은 자는 장사 지내며(병구사장), 어려움에 처하면 십시일반 서로 돕는(환난상구) 규율도 있었다. 그리고 만약 이를 어길 경우 죄가 가벼우면 태형으로, 무거우면 멍석말이를 했는데 심한 경우에는 목숨을 잃기도 했다고 한다. 그러니 어찌 이들이 한낱 장사치에 불과하다고 할 수 있을까.

문학관 안에는 많은 책들과 함께 《객주》의 주요 장면들이 모형으로 제작되어 있다. 무엇보다도 작가의 취재 모습이나 보부상들의 실물 모습은 조명에 반사되어 눈부시기까지 하다. 소설 속의 한 장면, 한 장면이 그대로 머리에 와 닿는다.

한편, 《객주》의 묘미는 작품 곳곳에 나오는 보부상과 관련된 이야기들, 그 이야기에 진하게 묻어 나오는 비속어와 사투리들이다. 다음 말들을 한 번 보라. 또 어디에서 이런 질박한 언어의 바구니를 열어 볼 수 있을 것인가.

가살, 가잠나루, 갈공막대, 감투머리, 갖바치, 개자하다, 거드모리로, 겨끔내기, 경아리, 계면떡, 게추리, 고리삭다, 고수련, 곤댓짓, 구메밥, 궁노루, 기승밥, 길미, 꼭지딴, 나가시, 남매죽, 남진

주막에서의 휴식

계집, 남진아비, 냉갈령, 네뚜리, 노루잠, 논다니, 농탕질, 다모토
리, 담살이, 당달봉사, 대궁밥, 더그레, 덧거리, 데림추, 동자치,
동취, 되모시, 두길보기, 두남두다, 들암소, 딴죽치다, 뜬 것, 마
고청, 매구, 매나니, 맨드리, 모가비, 몽니궂다, 무수리, 문뱃내,
밋남진, 반거충이, 반빗아치, 발가리놓다, 발쇠꾼, 벗바리좋다,
보비위하다, 복장거리, 봉충걸음, 봉살, 부룩소, 부사리, 북두갈
고리, 불땀, 비나리치다, 비부장이, 비역, 빗장거리, 사다듬이, 사
매질, 삭숭이, 산수털벙거지, 살꽂, 새물내, 생게망게하다, 선길
장수, 설레꾼, 성애술, 소대남진, 소소리패, 손떠퀴, 솔축, 수제비
태껸, 숫증, 수퉁니, 시골고라리, 신명떨음, 신발차, 싸개통, 쌍조

치, 쓸까스르다, 씨양이질, 아금받다, 안다미로, 안침술집, 안팎
꼽사등이, 알분떨다, 알뚝배기, 애면굴면, 애옥살이, 야거리, 양
경장수, 야뜩바뜩, 언구럭, 어리보기, 언죽번죽, 엄지머리, 엄저
지, 에멜무지로, 에움길, 연사질, 열림꾼, 열명길, 오갈들다, 오쟁
이지다, 온새미로, 옴나위없다, 옴니암니, 옹춘마니, 왁대값, 왜
자하다, 외대머리, 외자상투, 왼고개치다, 요분질, 우세, 웃방아
기, 월천꾼, 웨죽웨죽, 은근짜, 의초, 이틀거리, 인정전, 자드락
길, 자반뒤집기, 자욱길, 잘코사니, 장기튀김, 장달음놓다, 재미
중, 쟁퉁이, 적바림, 전내집, 조련질, 조리들리다, 조방꾼, 조빼
다, 주왕사, 중노미, 지다위, 지청구, 진대붙다, 쪽쟁이, 찌러기,
찜부럭, 채수염, 천좍, 체수없이, 초간하다, 초다듬이, 출첨지, 찰
자, 코머리, 터수, 타자꾼, 통지기년, 트레바리, 팔팔결, 품방아,
한골, 해미, 해웃값, 해포이웃, 행짜, 헐숙청, 화초머리, 회술레,
흔들비쭉이, 홀미죽죽, 희학질

— 문학관 전시 액자 중에서

이렇듯 살아 있는 순우리말들, 그리고 절절하게 섞여 있는 비속
어와 해학적인 묘사가 일품이다. 길 위의 작가라는 말이 무색하지
않다. 이는 작가의 말에서도 잘 나타난다. '작가는 누구인가'에 대한
글에서 작가의 철저한 작가 정신과 질그릇처럼 투박한 아름다움을
느낄 수 있으며, 거꾸로 내 자신의 모습을 돌아보며 한없이 고개 숙

이게 만든다. 또 그대로 옮겨 본다.

작가는 누구인가. 일생동안 끊임없이 이동하며 격정적인 삶을 살아가는 유목민들은 모든 소유물들을 몽땅 가지고 다닌다. 가재도구와 가축, 비단과 향수, 씨앗과 소금, 요강과 유골, 물통과 식칼, 빈대와 벼룩, 바람과 빛의 세기를 가늠할 수 있는 예민한 촉각, 적대적인 환경과 싸워 이겨 낼 수 있는 용기와 인내심, 하물며 번뇌와 증오, 분노와 저주까지도 항상 몸에 지니고 다닌다. 작가도 그렇다.

— 문학관 안내문 중에서

그러기에 물질적 풍요 속에서 정신적 빈곤을 앓고 있는 우리들에게 삶의 소중한 가치를 일깨우고자 하는 작가의 말이 더욱 무게감 있게 와 닿는다.

"오늘날 사람들은 더욱 잘살게 됐고, 더욱 편하게 됐죠. 그런데 그토록 힘겹게 살아 온 보부상이 갖고 있던 환난상구와 십시일반의 정신은 어디론가 사라진 지 오래입니다. 더 잘살고 더 편리하게 살게 됐는데, 주변을 돌아보고 이웃을 생각하는 소중한 정신은 간 곳이 없다, 이것이죠. 현대의 물질적인 풍요로움에 감춰진 정신적 결핍은 '객주'의 시대보다 훨씬 더 갈급해지지 않았나 하

깨알 같은 글씨로 채워진 작가의 취재 노트

김주영 작가의 수집품(저울추)

는 생각이 듭니다. 소설 '객주'가 점차 지워져 가는 소중한 가치를 일깨울 수 있다면 기쁘겠습니다."

— 작가의 말 중에서

그런데 문학관을 둘러보다 보면 작가의 괴팍한 수집벽에 걸음을 멈추게 된다. 바로 철필, 저울추가 가득 모여 있는 모습을 볼 수 있다. 어찌 저리 세세할까 싶을 정도로 꼼꼼함이 진하게 묻어나는 수집품들이다. 이 외에도 여러 수집벽이 있었다고 하지만, 무엇보다 철필과 저울추는 그 상징성이 크다고 생각해 본다. 그리고 같이 전시되어 있는 작가노트는 깨알 같은 글씨로 가득하다. 어찌나 작은지 맨눈으로는 글씨를 읽을 수조차 없다. 돋보기를 대어야 보이는 아주 작은 글씨들, 아래위 여백 없이 빽빽하게 들어차 있는 글씨들. 그 자체만으로도 예술 작품이 아닐 수 없다. 종이를 많이 낭비하는 나로서는 절로 부끄러울 수밖에 없다. 가득 모여 있는 철필과 더불어, 묵묵히 자리를 지키는 수십 개의 저울추들도 평생을 갈고 닦으며 살아온 작가의 말없는 가르침이 되어 객의 무게를 다는 듯하다.

또한, 문학관에는 소설의 뒷이야기를 상상하여 그림을 그리거나 이야기를 적어 볼 수도 있고, 소설 속 명장면을 동판화로 만들어 볼 수 있는 체험 공간도 마련되어 있다. 직접 동판화를 찍어 보며 작품의 감동을 느껴 보자.

글. 곽재선, 박영각

경상북도
영주 봉화 울진
문경 예천 안동 영양
상주 의성 청송 영덕
구미 군위
김천 칠곡 포항
대구 영천
성주 고령 달성 경주
청도

손바닥 여행 정보

작가 김주영에 대하여

1939년 12월 7일생으로, 청송에서 태어나 서라벌예술대학 문예창작과를 졸업했다. 1970년 <여름사냥>이 월간문학에 가작으로 뽑혔으며, 1971년 <휴면기>로 월간문학 신인상을 받으면서 본격적으로 작품 활동을 시작했다. 주요 작품으로는 <객주>, <활빈도>, <천둥소리>, <고기잡이는 갈대를 꺾지 않는다>, <화척>, <홍어>, <아라리 난장>, <멸치>, <빈집> 등이 있다. 그리고 유주현문학상(1984), 대한민국문화예술상(1993), 대산문학상(1998), 김동리문학상(2002), 은관문화훈장(2007) 등을 받았다.

객주 문학관 찾아가는 길

진보 버스터미널

오누이옷

진보장터

객주문학관

(10km)

슬로시티 덕천마을

(2km)

종소 고택   송정 고택

청송 IC

당진(상주) - 영덕 고속도로

← 상주

영덕 →